Jana Oltersdorff

Des Nachts im finstren Wald

Dunkle Märchen

Q indie

Impressum

Texte: Jana Oltersdorff
Cover und Umschlaggestaltung: F. Riedel

Kontakt:
Jana Oltersdorff
Schnurrestraße 38
63128 Dietzenbach
jana.oltersdorff@gmx.de

Letzte Aktualisierung: 05.02.2015

Des Nachts im finstren Wald

Dunkle Märchen

Jana Oltersdorff

Hänsel und Gretel

Hänsel und Gretel verliefen sich im Wald.
Es war so finster und auch so bitter kalt.
Sie kamen an ein Häuschen
von Pfefferkuchen fein.
Wer mag der Herr wohl
von diesem Häuschen sein.

Hu, hu, da schaut eine alte Hexe raus!
Lockte die Kinder ins Pfefferkuchenhaus.
Sie stellte sich gar freundlich,
o Hänsel, welche Not!
Ihn wollt' sie braten im Ofen braun wie Brot.

Doch als die Hexe zum Ofen schaut hinein,
ward sie gestoßen von Hans und Gretelein.
Die Hexe musste braten,
die Kinder geh'n nach Haus.
Nun ist das Märchen von Hans und Gretel aus.

Volksweise, 19. Jahrhundert

Vorwort

Als die Königin, um ihr Kind zu retten, den Namen des kleinen Männleins erriet, riss dieses sich selbst in der Mitte entzwei. Schneewittchen ließ ihre böse Stiefmutter aus Rache in glühend heißen Eisenpantoffeln tanzen, bis diese tot umfiel. Dafür wollte die vorher Schneewittchens Herz und Leber verspeisen. Hänsel und Gretel fielen einer Menschenfresserin in die Hände, und der böse Wolf verschlang Rotkäppchen und seine Großmutter bei lebendigem Leib. Und was war mit dem armen Prinzen, der in Rapunzel verliebt war? Stieg an ihren Haaren hoch, wo er bereits von der fiesen Hexe erwartet wurde, die ihn wieder hinunterstieß; der arme Tropf stach sich die Augen an dornigen Hecken aus und irrte fortan blind durchs Land.

Die berühmten Kinder- und Hausmärchen der Gebrüder Grimm sind voll von Grausamkeiten und Gräueltaten. Märchen aus anderen Kulturkreisen stehen ihnen übrigens in nichts nach. Da wird auch in einem fort gemeuchelt, intrigiert und blutige Rache verübt. Und Hans Christian Andersen schien zumindest etwas gegen Happy Ends zu haben.

Ach, was habe ich all diese Geschichten als Kind geliebt! Ich konnte sie mir wieder und wieder anhören oder selbst lesen. Bis heute haben sie nichts von ihrem Zauber verloren, wenngleich sie mich mittlerweile auf andere Weise verzaubern als damals. Als kleines Mädchen bewunderte ich die Prinzen für ihren Mut, beneidete die Prinzessinnen um ihre Schönheit und Anmut und hasste all die bösen Hexen, Zauberer und Stiefmütter aufs Abgrundtiefste. Die Brutalität und den Horror erkannte ich erst, als ich erwachsen war. Das machte sie aber nicht schlechter – im Gegenteil: Ich liebe sie heute fast noch mehr und ließ mich von ihnen zu einigen der in diesem Buch enthaltenen Schauermärchen inspirieren.

Ihr werdet ein paar Märchen wieder erkennen, die ich auf meine eigene düstere, makabre oder einfach augenzwinkernde Art neu interpretiert habe, und ihr werdet ganz neue Ideen entdecken.

Was wäre, wenn die Stiefmutter nicht die Erzfeindin, sondern die beste Freundin von Schneewittchen ist und ihr beim Kampf gegen die bösen sieben Räuber hilft? Was wäre, wenn das kleine Mädchen mit den Schwefelhölzern eine zweite Chance bekäme? Wenn die vom Himmel fallenden Sterntaler keinen Segen, sondern den sicheren Tod bringen? Wenn Rotkäppchen ein hinterhältiges Biest mit psychopathischen Ambitionen wäre? Und wenn der Spaß erst richtig losgeht, als der alte König stirbt?

Einfach mal den Spieß umdrehen.

Diese Märchen zu schreiben, hat mir ein geradezu diebisches Vergnügen bereitet, und ich hoffe sehr, dass Ihr, liebe Leser, ebenso viel Spaß dabei haben werdet.

Folgt mir also in den finstren Wald.

Aber lasst nicht meine Hand los, egal was geschieht ...

Vom Mädchen mit der roten Kappe

In einem Dorf in einer entlegenen Berggegend erzählte man sich seit vielen Generationen eine unheimliche Geschichte über den Wald, der die Siedlung umgab.
Man sagte, der Wald wäre gefährlich und niemand wagte es, die Wege zu verlassen. Man sagte, der Geist eines toten Mädchens ginge darin um. Ein Mädchen mit roter Kappe. Nur wenige, die es zu Gesicht bekommen hatten, waren mit dem Leben davon gekommen. Kaum einer, der es gewagt hatte, den Wald abseits der Wege zu betreten, ward je wieder gesehen. Man sagte, das Einzige, das einen beschützen konnte, wäre ein Wolf. Doch Wölfe gab es in dieser Gegend schon lange nicht mehr.
Die Ältesten im Dorf hatten diese Geschichte von ihren Großeltern gehört. Seit Generationen wurde sie an die Jüngeren überliefert. Jeder im Dorf kannte sie, doch wurde sie nur in besonders finsteren Nächten in der gemütlichen Sicherheit des warmen Kamins erzählt.
Das Mädchen hatte einst wirklich in jenem Dorf zusammen mit seiner Mutter gelebt. Es war sehr hübsch gewesen und sein liebstes Kleidungsstück war eine rote Kappe aus fein gehäkeltem Wollgarn, die seine Mutter einst für das Mädchen gefertigt hatte.
Eines Tages wurde die Großmutter, die nicht im

Dorf, sondern auf einer kleinen Lichtung mitten im Wald lebte, sehr krank und konnte das Haus nicht mehr verlassen. Weil die Mutter nicht immer Zeit hatte, schickte sie einmal in der Woche ihre Tochter mit einem Korb voller Essen und Medizin zur Großmutter. Doch dem Mädchen wurden diese Besuche schnell lästig. Es wollte seine Zeit lieber mit den Burschen im Dorf verbringen, die es mit seinem Liebreiz leicht um den Finger gewickelt hatte. Die Großmutter wurde schwächer und schwächer, und das Mädchen musste sie noch öfter besuchen, um sie zu pflegen und ihr Essen zu bringen. Das Mädchen war es leid und fasste schließlich einen Entschluss. Es erzählte seiner Mutter, wie schlecht es Großmutter inzwischen ging und welche Sorgen es sich um sie machte und schlug vor, im Wald nach besonderen Heilkräutern und Pilzen zu suchen, aus denen es eine schmackhafte, kräftigende Suppe für die Großmutter kochen wollte. Von seiner Mutter hatte es alles über die heilende Kraft von Pflanzen und Pilzen gelernt, und die war sehr erfreut über den Vorschlag ihrer Tochter.

Doch das Mädchen mit der roten Kappe suchte im Wald nicht nach heilenden Kräutern, sondern sammelte nur jene Pilze, von denen es wusste, dass sie zwar lecker, doch äußerst giftig waren. Es braute einen Trank und füllte ihn in ein kleines Fläschchen ab. Zusammen mit frisch gebackenem Brot von der Mutter und einer Flasche roten Weins packte es alles in seinen Korb und machte sich auf den Weg zum Haus der Großmutter.

Schon auf dem Weg dorthin hatte es das Gefühl,

beobachtet zu werden. Doch alles, was ihm über den Weg lief, waren ein paar Hasen, die Reißaus nahmen, als sie das Mädchen sahen.
Am Haus der Großmutter angekommen, betrat es leise das Schlafzimmer und fand die Alte schlafend im Bett. Es gab ein paar Tropfen seines giftigen Tranks auf ein Stück Brot und goss den Rest in einen Becher, um ihn mit dem Rotwein zu vermischen. Es trug alles auf einem Tablett ans Bett der Großmutter und weckte sie behutsam.
„Großmutter“, sagte es mit zuckersüßer Stimme. „Du siehst ja noch blasser aus. Hier, ich habe dir frisches Brot und Wein gebracht. Das wird dich stärken.“
Die Großmutter nahm es dankbar an, biss beherzt ins Brot und trank von dem Wein und sagte ihrer Enkelin, wie gut das alles schmeckte. Das Mädchen saß neben ihr auf dem Bett und wartete geduldig, bis es merkte, dass die Alte schwächer wurde.
„Großmutter“, sagte es nun. „Warum schaust du so seltsam?“
Die Alte begann, schwer zu atmen.
„Großmutter“, sagte das Mädchen wieder. „Warum keuchst du so?“
Dann griff es langsam nach einem Kissen. Als die Großmutter erkannte, welch teuflische Absicht ihre Enkelin verfolgte, war es zu spät. Das Mädchen drückte ihr mit aller Macht das Kissen aufs Gesicht, um ihr Ableben noch zu beschleunigen.
In diesem Augenblick schlich sich ein riesiger Wolf an das Häuschen. Es war der letzte Wolf in den Wäldern um das Dorf. Er war von dem Geruch der

Gefahr und der Angst der alten Frau angelockt worden. Vor vielen Jahren, als er noch ein Welpe gewesen war, hatte er sich an der Pfote verletzt und diese alte Frau hatte ihn aufgenommen und geheilt. Das hatte er nie vergessen. Jetzt war sie es, die seine Hilfe brauchte. Mit einem Satz sprang er durch das offene Fenster. Das Mädchen mit der roten Kappe schrie vor Schreck auf. Er riss es zu Boden und tötete es mit einem einzigen Biss in seine Kehle. Doch die alte Frau konnte er nicht mehr retten, denn sie war bereits tot.
Wie das Schicksal es wollte, hatte sich ein Jäger in der Nähe aufgehalten. Er war von dem durchdringenden Todesschrei des Mädchens hergeführt worden. Durch das offene Fenster sah er den grausigen Anblick des blutüberströmten Körpers des Mädchens und den großen Wolf, der sich mit blutiger Schnauze über die alte Frau im Bett beugte und an ihr schnüffelte. Blitzschnell zog der Jäger seine Waffe und erschoss den Wolf.
Niemand erfuhr je, was wirklich geschehen war. Doch seitdem trieb der unruhige Geist des Mädchens mit der roten Kappe sein Unwesen im Wald und holte sich die Seelen derjenigen, die vom Wege abkamen.

Schneewittchen und die sieben Räuber

Vor vielen, vielen Jahren war das Königreich hinter den sieben Bergen völlig verarmt. Der alte König war verstorben und hatte seiner Frau und seiner einzigen Tochter aus erster Ehe nur ein heruntergekommenes Schloss mit leeren Schatzkammern hinterlassen. Räuberbanden zogen durchs Land, brandschatzten und plünderten und wohin das Auge auch blickte, überall herrschte nur Elend und große Not. Auch die Mägen der Schlossbewohner knurrten vor Hunger.

Die schöne Prinzessin, die ob ihres ebenholzschwarzen Haares und ihrer schneeweißen Haut den Namen Schneewittchen trug, war verzweifelt und strich ruhelos durch die Hallen ihres Schlosses, mit dem Grübeln über einen Plan zur Rettung ihres Reiches und ihres Not leidenden Volkes beschäftigt. Auch ihre Stiefmutter plagten die Sorgen um die Zukunft des Königreiches. Gerade erst hatte sie zusammen mit Schneewittchen Besuch von Bauern eines nahe gelegenen Dorfes empfangen, die ihnen von den schweren Überfällen in der letzten Zeit berichtet hatten. Noch schlimmer war, dass der Winter vor der Tür stand und die wenigen Vorräte kaum reichen würden. Eine Hungersnot, wie sie das Königreich hinter den sieben Bergen noch nie

erlebt hatte, stand ihnen allen bevor.
Der Bauer hatte von der Bande der Sieben gesprochen. „Das sind die Schlimmsten", hatte er gesagt. Das stimmte. Die Sieben hatten selbst vor dem königlichen Anwesen nicht Halt gemacht. In einer nebligen Herbstnacht, als die Stiefkönigin und die Prinzessin nicht im Schloss waren, hatten sie die wenigen Männer der Leibgarde überwältigt und aus den Schlafgemächern der königlichen Damen den letzten Schmuck gestohlen und die Waffenkammer geplündert. Dabei war auch der schöne, große Spiegel zerbrochen, der das Schlafzimmer der Stiefkönigin geschmückt hatte und ihr ganzer Stolz gewesen war.
Schneewittchen hatte genug. So konnte es unmöglich weitergehen. Ihre Stiefmutter verfolgte ganz ähnliche Gedanken, und eines Abends bat sie Schneewittchen auf ein geheimes Gespräch in einem abgelegenen Turmzimmer. Von ihrer letzten Reise hatte sie etwas mitgebracht, das ihnen helfen sollte, das Übel bei der Wurzel zu packen und dem Königreich hinter den sieben Bergen wieder zu Glück und Wohlstand zu verhelfen. Sie hatte einen raffinierten Plan ausgearbeitet und erklärte ihn nun der Prinzessin, die nur allzu bereit war, alles, was nötig war, zum Gelingen beizutragen.
Ein Jäger wurde herbeigerufen, der in einen Teil des Planes eingeweiht werden musste. Schon am nächsten Tag machte er sich zusammen mit den anderen königlichen Jägern auf den Weg in die Wälder, doch nicht, um zu jagen, sondern um das Versteck der Sieben ausfindig zu machen.

Eines Tages kehrte der Jäger als einziger seiner Gruppe zurück, denn die anderen waren von den Sieben gnadenlos getötet worden, als sie das Versteck der Räuberbande entdeckt hatten. Schneewittchen bereitete sich eilig auf ihre eigene Reise vor und ließ sich am nächsten Tag von dem Jäger in den Wald führen. Sie gingen weit in das tiefe, dunkle Dickicht hinein, durch finstere Schluchten, über klare, sprudelnde Bäche, über Felsen und vorbei an uralten Bäumen. Schließlich ließ der Jäger das Mädchen ganz in der Nähe der Räuberhütte allein zurück. Er tat das nicht gern, denn er hatte große Angst um die schöne Prinzessin, doch gehörte es zum Plan der Stiefkönigin, und er hatte zu gehorchen.
Schneewittchen lief den restlichen Weg allein weiter. Als sie die Hütte erreichte, schien niemand da zu sein. Also nahm sie all ihren Mut zusammen und betrat das Innere. Zu ihrer Überraschung fand sie einen behaglichen großen Raum vor, an dessen einem Ende ein Feuer in einem Kamin knisterte, in dessen Mitte ein riesiger Tisch mit sieben Stühlen stand und an dessen anderem Ende sieben Schlafstellen nebeneinander aufgereiht standen. Von Schätzen und anderen geraubten Kostbarkeiten indes keine Spur. Auf dem Tisch lagen Brot und Käse auf einem Holzbrett. Da merkte Schneewittchen, wie erschöpft und hungrig sie von ihrer Wanderung geworden war. Sie aß etwas, nahm einen Schluck Wasser aus dem Tonkrug und probierte schließlich eines der einladend aussehenden Betten aus, wo sie sofort einschlief.

Als sie erwachte, blickte sie in sieben bärtige Gesichter, die sich über sie gebeugt hatten und sie teils grimmig, teils fragend anstarrten. Sie erschrak und zitterte vor Angst, doch sie schaffte es, trotz ihrer Furcht vor den grobschlächtigen Räubern die Geschichte zu erzählen, die sie mit ihrer Stiefmutter einstudiert hatte.

„Meine böse Stiefmutter war so eifersüchtig auf mich, dass sie einen Jäger mit mir in den Wald schickte, wo er mich töten und als Beweis mein Herz und meine Leber zu ihr bringen sollte. Doch ich konnte ihn überreden, stattdessen ein Reh zu töten und dessen Innereien als meine auszugeben. Ich lief, so weit mich meine Füße tragen konnten, bis ich euer Haus fand. Bitte, tut mir nichts, ich werde mich gern um euren Haushalt kümmern, wenn ich bei euch bleiben darf!“

Schneewittchens Schönheit und Anmut und ihre unglaubliche Geschichte konnten die sieben Räuber doch tatsächlich erweichen, so dass ihr Anführer schließlich sagte:

„Wirst du unser Haus rein halten, unsere Kleider pflegen und uns jeden Tag gutes Essen kochen?“

„Ja, das werde ich gern tun“, versprach das Mädchen.

„Dann darfst du bleiben“, entschieden die Räuber.

Von nun an arbeitete Schneewittchen hart, um das Vertrauen der Männer zu gewinnen. Sie ließ sich gern von ihnen umwerben, denn alle hatten sie ein Auge auf das hübsche Mädchen geworfen. Nur den ebenbürtigen Kräften der Männer und dem letzten Wort des hünenhaften Anführers war es zu verdanken, dass niemand Schneewittchen

anrührte.
Die Räuber waren jeden Tag in den Wäldern unterwegs. Manchmal brachten sie frisch erlegtes Wild mit, aus dem Schneewittchen köstliche Speisen zauberte. Manchmal schenkte ihr einer der Männer ein Schmuckstück, um ihr zu schmeicheln. Doch ihre wahren erbeuteten Schätze brachten sie nie in die Hütte. Also mussten sie dafür ein anderes Versteck haben, dachte Schneewittchen.
Schließlich schaffte sie es, an einem besonders feuchtfröhlichen Abend, als fast alle Männer nach gutem Essen und viel Wein und Gesang noch am Tisch eingeschlafen waren, dem Anführer das Geheimnis zu entlocken. Jetzt da sie wusste, wo der Schatz der Räuber zu finden war, wurde es Zeit, den nächsten Schritt zu machen.
Sie nutzte am nächsten Tag die Stunden, in denen sie allein im Haus war, eine Nachricht an einer vereinbarten Stelle für den königlichen Jäger zu hinterlassen. Schon wenige Tage später wusste sie, dass der nächste Teil ihres Planes funktioniert hatte. Die Räuber hatten in einem besonders zwielichtigen Gasthaus, wo sie gern einen Teil ihrer Beute in Wein und Bier verwandelten, erfahren, dass die Stiefkönigin ein wahrhaft hohes Preisgeld aus der geheimen, prall gefüllten Schatzkammer demjenigen versprochen hätte, der ihr Herz und Leber ihrer verhassten Stieftochter bringen würde. Natürlich hatte ihnen dieses angebliche Geheimnis niemand anderes als der königliche Jäger verraten. Sie erinnerten sich an die Geschichte, die ihnen Schneewittchen am Tag

ihrer Ankunft im Haus der Räuber erzählt hatte und erkannten, dass sie die gesuchte Königstochter war.
Sie witterten ihre Chance. So schnell sie konnten, liefen sie zurück zu ihrem Versteck im Wald und drängten Schneewittchen, die Wahrheit zu sagen. Sie gestand schluchzend, dass sie die Königstochter war und flehte die Männer an, sie zu verschonen. Doch die waren so sehr in ihren Streit um Schneewittchen vertieft, dass sie das Mädchen für eine Weile vergaßen. Wenn sie es töteten und sein Herz und seine Leber zur Stiefkönigin brachten, würden sie so viel Geld haben, dass sie zusammen mit ihren schon erbeuteten Schätzen ein eigenes Königreich kaufen konnten, so dachten sie. Doch wer von ihnen sollte derjenige sein, der Schneewittchen tötete? Wer von ihnen sollte die Innereien zum Schloss bringen und das Preisgeld erhalten? Plötzlich waren sie nicht mehr bereit, alles durch sieben zu teilen, und aus dem heftigen Streit über den Anspruch auf Schneewittchen entstand ein blutiger Kampf, bei dem die sieben Räuber sich schließlich gegenseitig umbrachten. Nur der Anführer blieb übrig und wandte sich mit seinem vor Blut triefenden Dolch schwer atmend der zitternden Königstochter zu.
Schneewittchen holte zu ihrem nächsten Schlag aus. Sie flehte den Räuber auf Knien an, sie zu verschonen. Sie versprach, seine Frau zu werden, wenn er sie nur am Leben ließe. Das brachte den Räuber, der doch eigentlich eine Schwäche für das schöne Mädchen hatte, dazu, über ihre Bitte nachzudenken.

„Komm, mein starker Mann“, säuselte sie und lud ihn ein, am Tisch Platz zu nehmen. „Ich werde dir das köstlichste Essen bereiten, das du jemals gegessen hast. Dann können wir uns über unsere gemeinsame Zukunft unterhalten.“
Der Räuber setzte sich und dachte bei sich, dass ihm das Mädchen schon nicht weglaufen würde und er sie auch später immer noch töten konnte. Schneewittchen kochte ihm einen deftigen Eintopf mit Wildfleisch und selbst gesammelten Pilzen. Danach servierte sie ihm seine liebste Süßspeise: Apfelmus. Während er das Apfelmus gierig in sich hineinschaufelte, saß sie ihm gegenüber und sah ihm aufmerksam dabei zu. Es dauerte nicht lange, und er fing an zu husten. Seine Augen quollen hervor, er fasste sich mit einer Hand an die Gurgel, mit der anderen ans Herz. Als er vom Stuhl aufsprang, schwankte er und keuchte, und vor seinem Mund bildete sich Schaum.
Schneewittchen blieb weiter auf ihrem Schemel sitzen, die Hände brav im Schoß gefaltet und lächelte ihn liebreizend an.
„Was hast du mit mir gemacht, Hexe?“ stieß er hervor. Er zog seinen Dolch, machte einen letzten schwerfälligen Schritt auf Schneewittchen zu und fiel der Länge nach hin. Sie wartete noch einen Moment und vergewisserte sich dann, dass er wirklich tot war. Der Gifttrank, den ihre Stiefmutter ihr gegeben hatte, bevor sie in den Wald gegangen war, hatte seine tödliche Wirkung, versteckt im süßen Apfelmus, gezeigt.
Nach Schneewittchens Rückkehr ins königliche Schloss waren ihre Stiefmutter und der Jäger

erleichtert. Besonders der Jäger war froh, die Prinzessin wohlbehalten in Sicherheit zu wissen, hatte er sein Herz doch tatsächlich an sie verloren. Umso glücklicher war er, als er erkannte, dass sie seine Gefühle erwiderte.

Gemeinsam mit einer Truppe der königlichen Leibgarde machten sie sich auf den Weg zum versteckten Schatz der sieben Räuber und brachten alle Goldstücke, Juwelen und Kostbarkeiten in die königlichen Schatzkammern. Das dauerte sieben Tage, und am Ende waren die Schatzkammern so voll, dass sie fast platzten.

Im Schloss wurde daraufhin ein großes Fest gefeiert, zu dem das ganze Königreich eingeladen wurde. Endlich gab es wieder Reichtum und genug zu essen für jedermann. Der Höhepunkt jedoch war die Hochzeit von Schneewittchen und dem Jäger. Sie feierten sieben Tage und sieben Nächte und regierten von nun an das Königreich weise und besonnen. Nie wieder suchten Räuber das Land heim, und alle konnten in Frieden und Wohlstand leben.

Schwefelhölzchen

Vor langer Zeit, an einem klirrend kalten Neujahrstag, fanden die Straßenkehrer, die das Kopenhagener Villenviertel von den Resten der ausgelassenen Silvesterfeierlichkeiten befreien sollten, den Leichnam eines kleinen Mädchens.

Es hatte sich, barfuß und nur mit Lumpen bekleidet, in eine Mauerecke in einer Seitenstraße gekauert. Sein Gesicht war schneeweiß, in seinen schmutzigen, ungekämmten, blonden Locken verfingen sich Schneeflocken und ließen das tote Kind wie eine Puppe aus Eis aussehen. In seinen verkrampften Händen hielt es ein ganzes Bündel abgebrannter Schwefelhölzer, als hätte es sich daran ein wenig aufwärmen wollen.

Sein Anblick erweichte die Herzen der Männer, die solches Mitleid mit dem toten Mädchen hatten, dass sie es zum Kopenhagener Assistenzfriedhof brachten, wo es anonym bestattet wurde.

Niemand kam, um nach dem Kind zu suchen. Die Stadtwache unternahm nichts, um seine Angehörigen zu finden. Nicht die kleinste Meldung erschien in der *Berlingske Politiske*, der meistgelesenen Zeitung der Stadt. Die Menschen in dem noblen Stadtteil hatten nicht einmal mitbekommen, was geschehen war, und hätten sie es erfahren, sie hätten es doch nur mit einem gleichgültigen Kopfschütteln abgetan. Das Leben in Kopenhagen ging weiter, und auch die

Straßenkehrer vergaßen den Vorfall irgendwann.
Ein Jahr später, genau am Silvesterabend, begann zur Abenddämmerung der Pulverschnee in jener schmalen Seitengasse aufzuwirbeln. Ein Schatten bildete sich mitten in den Bergen achtlos weggeworfenen Unrats und wurde dunkler und dunkler. Er verfestigte sich und nahm eine menschliche Form an. Die Ratten, die eben noch zwischen den Abfällen nach Futter gesucht hatten, stoben in alle Richtungen davon. Sie spürten, dass es nicht klug war, in der Nähe dieses Schattenwesens zu bleiben, das ein Mensch war und auch wieder nicht.
Die Konturen verfeinerten sich weiter und fügten sich zu Gewebe, das sich in schäbigen, vor Dreck starrenden Lumpen um einen zierlichen Körper wand. Zarte Haut bildete sich, die so weiß war, dass sie wie kostbares, hauchdünnes Porzellan schimmerte. Haare wallten hervor und legten sich in ungebändigten, blonden Locken um ein Gesicht, hüllten es ein, als wollten sie die blass-blauen Augen und den winzigen, trotzig lächelnden Mund vor neugierigen Blicken verbergen.
Das Mädchen wartete noch eine Weile, ließ den Schnee in sanft wirbelnden Flocken um sich herum tanzen, beobachtete wachsam und eigenartig verträumt zugleich die Schemen der an der Gasse vorbei eilenden Menschen, die auf dem Weg zu ihren Lieben waren, zu Freunden, mit denen sie die letzten Stunden des alten Jahres feiern wollten.
Es sah an sich herab. In seiner linken Hand hielt es ein Bündel frischer Schwefelhölzer. Die rechte Hand umklammerte einen zerschlissenen Korb, in

dem weitere zu gleichmäßig großen Bündeln zusammengebundene Streichhölzer lagen.
Es setzte sich in Bewegung und trat hinaus auf die Hauptstraße. Ohne auf die großen Kutschen zu achten, die aus beiden Richtungen auf das Mädchen zukamen, überquerte es die Fahrbahn. Die Fahrzeuge verfehlten es nur knapp, doch bremste keines von ihnen ab. Es war, als hätten die Kutscher die zerlumpte Gestalt nicht einmal wahrgenommen, die mit geradezu traumwandlerischer Sicherheit voranschritt.
Das Mädchen sprach niemanden an, um seine Ware feilzubieten. Und kein Passant wurde auf es aufmerksam. Dennoch machten die Fußgänger unbewusst den Gehsteig frei, so dass das kleine Mädchen mit den Schwefelhölzern ungehindert seines Weges gehen konnte.
Es musste nicht weit laufen. Sein Ziel war ein herrschaftliches Haus, dessen hell erleuchtete, hohe Fenster den sorgfältig gepflegten Vorgarten in festliches Licht tauchten. Das schmiedeeiserne Tor öffnete sich wie von selbst, als das Mädchen davor trat. Es schritt die Auffahrt entlang und stieg die Stufen zur Haustür hinauf, die vor ihm hoch aufragte und es noch kleiner erscheinen ließ. An der Tür war ein Klopfring aus Messing, der im Maul eines imposanten, ebenfalls aus Messing gefertigten Löwen steckte. Er war für das Mädchen viel zu hoch angebracht. Ein drohendes Klopfen ertönte, als er, wie von Geisterhand bewegt, gegen die massive Tür aus Eichenholz hämmerte.
Stimmen und leise Musik waren aus dem Inneren zu hören, während das Mädchen draußen

vollkommen still stand und auf den Herrn des Hauses wartete. Die Tür öffnete sich. Ein groß gewachsener Mann in vornehmer Abendrobe mit einem halb vollen Weinglas in der Hand blinzelte zunächst verwirrt in die kalte Abendluft, bevor er seinen Blick langsam senkte und der mageren Gestalt gewahr wurde, die im Schnee auf den Stufen nicht einmal Fußabdrücke hinterlassen hatte. Sein eben noch freundlicher Gesichtsausdruck verfinsterte sich schlagartig. Was erdreistete sich dieses Bettelkind? Naserümpfend und angewidert starrte er auf sie herab, kaum Willens, auch nur zu fragen, was sie hier wollte.
"Du bist der Kaufmann Jakob Tørstedt“, sagte das Mädchen. Es war keine Frage, sondern eine Feststellung, und es sprach sie mit einer glasklaren, leisen Stimme aus, die dennoch in den Ohren des erstaunten Mannes dröhnte.
"Woher weißt ...", begann er verdutzt, schnappte nach Luft, fasste sich wieder und erklärte dem Mädchen mit herrischem Ton, dass Bettler auf seiner Türschwelle nichts verloren hätten. Doch das Mädchen blieb stehen und sah ihn weiter unverwandt aus seinen hellblauen Augen an. Es hielt ihm die Schwefelhölzer entgegen.
"Beim letzten Mal wolltest du nichts kaufen“, sagte es nun. Die Stirn des Kaufmannes legte sich in Falten. Irritiert fragte er sich, wovon diese Göre sprach. In den Straßen Kopenhagens gab es viele Bettler. Er als wohlhabender, stets gut gekleideter Bürger wurde ständig von ihnen angesprochen, wenn er zu Fuß in der Stadt unterwegs war. Sie

waren eine Plage, weiter nichts. Wenn er diesem Kind tatsächlich schon begegnet sein sollte, dann wusste er es nicht mehr.
"Du hast mich zur Seite gestoßen und bist weitergegangen“, fuhr das kleine Mädchen unbeirrt fort. "Ich fiel in den Schnee, auf die Fahrbahn, direkt vor eine Kutsche. Ich konnte im letzten Augenblick ausweichen, sonst wäre ich von den Pferden zertrampelt worden. Du hast es doch gesehen, du warst stehen geblieben und hast dich umgeschaut, weil du wissen wolltest, was es mit diesem plötzlichen Tumult auf sich hatte."
Der Kaufmann geriet ein wenig ins Wanken. Er machte einen Schritt zurück und schüttelte langsam den Kopf. Er wollte nicht hören, was das blasse Mädchen ihm da erzählte. Doch es sprach weiter, und seine helle Stimme zwang ihn zuzuhören.
"Ich verlor bei dem Sturz die viel zu großen Schuhe, die einst meiner Mutter gehört hatten. Einer wurde von der Kutsche mitgerissen, der andere wurde von einem Jungen gestohlen. Es war bitterkalt, und ich war barfuß. Du hast alles mit angesehen, du hast mir in die Augen gesehen, doch du hast nichts getan, hast nur den Kopf geschüttelt, als wäre es meine Schuld gewesen, und bist fortgegangen."
Er erinnerte sich nun, sein Gesicht verriet die dämmernde Erkenntnis; in seine Miene schlich sich das schlechte Gewissen, ließ seine Mundwinkel zucken und seine Augen nervös blinzeln.
"Du hättest mich retten können“, sagte das

Mädchen und starrte ihn weiter an. Sein Blick war so stechend, dass es dem Mann beinahe körperliche Schmerzen verursachte. "Ein paar Schilling nur, ein Bündel hättest du nur nehmen müssen. Ich hätte meine Schuhe noch, und ich hätte heimgehen können, weil ich etwas Geld mitgebracht hätte. Denn ich konnte nicht nach Hause, ohne etwas verkauft zu haben. Dann hätte mein Vater mich wieder geschlagen, weißt du? Er schlug mich immer, wenn ich ohne Geld zurückkam, und er schlug immer sehr fest zu."
Das Mädchen flüsterte nur noch, doch seine eindringlichen Worte stachen wie Messer in den Kopf des Kaufmanns. Es machte einen Schritt auf den Mann zu und hielt die Schwefelhölzer wie eine Waffe hoch. Er wich ängstlich zurück.
"Doch nun bin ich ja da. Dieses Mal lasse ich mich nicht mehr wegstoßen, nun wirst du bezahlen."
"Bitte", sagte - nein, flehte der Kaufmann. "Bitte, lass‘ mich nur rasch mein Geld holen, ich kaufe deine Schwefelhölzer, ich kaufe alle deine Schwefelhölzer!"
Er wich noch weiter zurück ins Innere des Hauses, das Mädchen folgte ihm. Sie standen schon mitten in der Eingangshalle mit den schweren Vorhängen aus Brokat an den Fenstern, handgeknüpften orientalischen Teppichen an den Wänden, dem großen, mit unzähligen brennenden Kerzen besetzten Kronleuchter aus Kristall an der hohen Decke und dem auf Hochglanz polierten Fußboden, der mit Edelhölzern in komplizierten Mustern ausgelegt war. Von irgendwo oben klangen Musik und Gelächter herunter. Die feine

Gesellschaft ahnte nichts von dem unheimlichen Gast.
Obwohl das Mädchen immer noch flüsterte, hallte seine Stimme von den Wänden wider, als es sagte: "Nein, du musst mir nichts mehr abkaufen, Jakob Tørstedt. Ich schenke sie dir!"
Mit diesen Worten hielt das Mädchen sein Bündel Schwefelhölzer hoch über seinen blonden Lockenschopf, wo es sich plötzlich von selbst mit einem Zischen entzündete. Es holte aus und warf die hell lodernden Hölzer auf den Kaufmann. Sie blieben in seinen Haaren und seiner Kleidung hängen und steckten ihn augenblicklich in Brand. Die restlichen Schwefelhölzer flogen in alle Richtungen und ließen die Wandteppiche und Vorhänge in Flammen aufgehen.
Der Kaufmann stieß entsetzliche Schreie aus, warf sich zu Boden und wälzte sich herum, doch er schaffte es nicht, das Feuer zu ersticken. Schon fraß es sich durch seine teuren Gewänder und in seine Haut. Die Schmerzensschreie des Kaufmannes wurden lauter und schriller. Seine Frau und seine Gäste stürzten aus dem Salon, blieben am oberen Ende der Treppe wie angewurzelt stehen und starrten entsetzt auf das Schauspiel des Grauens, das sich ihnen in der Eingangshalle bot.
Die Frau des Kaufmannes fiel in Ohnmacht, und weil keiner der anwesenden Männer schnell genug war, um sie aufzufangen, stürzte sie die Stufen hinunter, überschlug sich und landete mitten im Flammenmeer, in dem ihr Gatte in letzten Todeszuckungen lag. Ihr aufwändig genähtes Kleid

aus vielen Schichten kostbarer Stoffe explodierte förmlich in einer Wolke aus Feuer. Dieser Anblick löste die Gäste der Familie Tørstedt aus ihrer Schreckensstarre. Sie flüchteten laut schreiend durch die Hintertür. Einer von ihnen erzählte später, er habe ein Kind in der Halle gesehen, das seelenruhig dagestanden und dem Kaufmann und seiner Frau dabei zugesehen hätte, wie sie verbrannt waren. Doch ließ sich das weder beweisen, noch glaubte es ihm jemand.

Während die Kopenhagener Feuerwehr noch versuchte, die Flammen, die das Anwesen der Familie Tørstedt vollständig zerstörten, daran zu hindern, auf die benachbarten Gebäude überzugreifen, lief eine kleine zerlumpte Gestalt mit einem Korb voller Schwefelhölzer durch das ärmste Viertel der Stadt. Sie ging bis zu einem heruntergekommenen, windschiefen Häuschen am Ende einer düsteren, laternenlosen Gasse.

In einem Fenster brannte Licht. Das Mädchen drückte sanft an die Tür, die sich lautlos öffnete, und betrat das Innere. An dem alten, von Flecken übersäten Holztisch kauerte auf einem kümmerlichen, dreibeinigen Hocker ein Mann, der halb auf dem Tisch lag und eine offene Flasche billigen Weins festhielt. Er schaute kaum auf, öffnete nur ein Auge und blickte in die Richtung des Mädchens. Es blieb ganz ruhig vor dem Mann stehen und sah ihn mit seinem kleinen, trotzigen Lächeln an. Die Augen des Mannes wurden groß, als endlich das Erkennen durch sie flackerte. Er stemmte sich hoch und stieß ein ungläubiges "Du ...!" hervor.

Das Mädchen nahm ein Bündel Schwefelhölzer in die Hand und hielt sie dem Mann entgegen.
"Ich bin zu Hause, Vater", sagte es. "Und ich habe dir etwas mitgebracht."
Die Schwefelhölzer zischten und leuchteten in heller Flamme auf. Das Mädchen schloss die Augen und ließ die brennenden Hölzer fallen. Als sein Vater zu schreien begann, seufzte es ein letztes Mal erleichtert.
Es war erlöst.

Als die Lichter vom Himmel fielen

Am Feuer

Der alte Mann freute sich über die zahlreich erschienenen Gäste an seinem Feuer. Er schürte es jeden Nachmittag aufs Neue und ließ sich daneben nieder, um auf die Abenddämmerung zu warten. Lange allein blieb er nie. Stets leistete ihm seine Frau Lara Gesellschaft, und nach und nach stießen weitere Bewohner seines Dorfes hinzu, um sich nach einem Tag voller Arbeit auszuruhen: etliche Kinder und einige jüngere Männer und Frauen. Es gab nicht mehr viele Ältere. Der alte Mann war der älteste Dorfbewohner und einer der letzten, die sich noch an die Zeit vor den fallenden Lichtern erinnern konnten.
Die Sonne stand schon recht tief und ließ alles in sattem Licht erstrahlen. Die wenigen Bäume auf den mit Gras bewachsenen Hügeln warfen lange Schatten, die jedoch längst nicht so lang waren wie die Schatten der mächtigen Pfeiler, die in regelmäßigen Abständen in den Himmel hinaufragten. Bevor die Sonne ganz untergegangen war, würden sich zwischen diesen Säulen die Auffangsegel aufspannen, aber sie hatten noch Zeit, denn bisher war noch nicht einmal das erste Signal ertönt.
Zufrieden schaute der alte Mann in die Runde. Er blickte in vertraute, liebgewonnene Gesichter.

Seine zwei Söhne und deren Frauen waren anwesend und hatten ihre insgesamt fünf Kinder mitgebracht: drei Jungen und zwei Mädchen; das jüngste lernte gerade erst zu laufen. Auch die anderen Gäste am Feuer waren gute Freunde, die er schon seit so langer Zeit kannte, dass er manchmal glaubte, es wäre nie anders gewesen.
Doch die neugierigen Blicke der Kinder und ihre aufgeregten Fragen, ob er denn wieder seine Geschichte erzählte, holten ihn zurück in die Wirklichkeit und erinnerten ihn daran, dass es nicht immer so gewesen war. Es hatte eine Zeit gegeben, da war die ganze Welt anders gewesen als jetzt. Eine Zeit ohne Auffangsegel, eine Zeit, in der die Menschen stets einen freien Blick auf das Sternenzelt am nächtlichen Himmel gehabt hatten.
An manchen Tagen tat die Erinnerung zu weh. Dann winkte der alte Mann ab und erzählte den Kindern stattdessen Märchen, an die er sich noch aus seiner eigenen Kindheit erinnerte, Geschichten von feuerspeienden Drachen, tollkühnen Recken, schönen Prinzessinnen, magischen Schlössern und finsteren Zauberern. Dennoch wollten die Kinder und die jungen Leute am liebsten Geschichten aus der Zeit vor den fallenden Lichtern hören, Geschichten über die alte Welt, wie sie gewesen war, bevor der Tod aus dem Himmel kam.
Er spürte, wie Lara näher an ihn rückte, und legte seinen Arm um sie. Als er ihren Duft nach Zimt und Kräutern wahrnahm, reisten seine Gedanken zurück in die Vergangenheit. Schon damals, bei ihrer allerersten Begegnung in jenen finsteren Tagen, hatte sie nach Zimt geduftet. Er lächelte

und strich ihr mit geschlossenen Augen über ihr weiches, mittlerweile schneeweiß gewordenes Haar.
Die glockenhelle Stimme eines Kindes riss ihn aus seinen Erinnerungen. „Philipp, erzählst du uns eine Geschichte?“
Ein anderes Kind fügte hinzu: „Ja, eine Geschichte von früher, als die Lichter begannen herabzufallen.“
Philipp öffnete seine Augen und blickte in die Runde. Alle schauten ihn erwartungsvoll an. Einer seiner Söhne warf ihm einen verständnisvollen Blick zu. *Es ist in Ordnung, wenn du nicht möchtest,* schien dieser Blick zu sagen. Philipp lauschte in sich hinein. Es war in Ordnung, befand er. Heute, an diesem friedlichen Nachmittag im Spätsommer, war es völlig in Ordnung.
Er sah das Kind an, das ihn als erstes um eine Geschichte gebeten hatte. Das Mädchen hieß Marla und war sieben Jahre alt. Es war die Tochter von Sebastian, dem Bäcker, und Patrizia, die ihre Hände über ihren gewölbten Babybauch gelegt hatte. Es konnte nur noch wenige Wochen dauern, bis das zweite Kind der beiden zur Welt kommen würde. Marla schaute den alten Mann mit großen Augen an, der sie anlächelte und sagte: „Soll ich davon erzählen, wie die Lichter anfingen, vom Himmel zu fallen, Marla?“
Philipp war sich bewusst, dass das Mädchen nicht einmal das jüngste Kind in der Runde war und dass ihm ein Märchen über Frösche, die man küssen musste, damit sie sich wieder in Prinzen verwandelten, wesentlich angenehmere Träume

bescheren würde. Doch die Kinder dieser neuen Welt, in der sie alle nun lebten, wussten um die Gefahren. Sie wuchsen damit auf und kannten nichts anderes.
Marla klatschte in die Hände und lachte vergnügt. Ihre Zöpfe hüpften mit ihr auf und ab. Auch die anderen Kinder riefen begeistert „Ja! Ja!“, und ihre Eltern lächelten milde und nickten Philipp aufmunternd zu.
Philipp seufzte so leise, dass nur Lara es hören konnte. Sie sah zu ihm hoch und ermutigte ihn mit einem Augenzwinkern. Ihre kleine Geste erinnerte ihn an die Nacht, in der sie ihm begegnet war, in dem kleinen verlassenen Café, als sich ihre Blicke trafen, während um sie herum das Chaos tobte.
Er hörte wieder die Geräusche, die Schreie der Menschen, die Sirenen aus der Ferne und das krachende Donnern, als wäre irgendwo etwas Größeres explodiert. Er ließ sich hineinziehen in dieses Bild aus der Vergangenheit, und als er anfing, seine Geschichte zu erzählen, hörte er seine eigene Stimme nicht mehr, denn er war wieder dort.
Er war wieder 25 Jahre alt, saß am Steuer seines Autos und fuhr nach Hause, nicht ahnend, dass im nächsten Moment die Welt untergehen würde.

Der Unfall

Er hatte an diesem Abend lange gearbeitet, es war spät geworden. Die Sonne war bereits untergegangen. Die große Rush-Hour zur

Feierabendszeit war längst vorbei, die Straßen frei.
Philipp fuhr in seinem VW Golf an einer Straßenbahnstation vorbei. Schon von weitem sah er, dass die Ampel am nächsten Fußgängerübergang für die Autofahrer gerade auf Grün umschaltete. Also fuhr er einfach in derselben Geschwindigkeit weiter.
Zu spät erkannte er, dass eine Frau, die eben noch am Bordstein gestanden hatte, plötzlich auf die Straße lief. Sie ging nicht zielgerichtet, sie beeilte sich nicht, vielmehr stolperte sie wie benommen herum und starrte dabei nach oben – für Philipps heranrasendes Auto hatte sie keinen Blick übrig.
Er trat auf die Bremse, versuchte auszuweichen, doch es war zu spät. Es ging alles viel zu schnell.
Sein Golf erwischte die Frau. Es tat einen dumpfen Schlag, als sie mit dem Kopf auf die Windschutzscheibe knallte. Sie prallte ab und flog ein ganzes Stück weit von Philipps Wagen davon, bis sie auf der Straße aufschlug und liegen blieb.
Philipp kam mit quietschenden Reifen zum Stehen. Benommen starrte er durch die geborstene Windschutzscheibe. Das Glas sah aus wie von einem Spinnennetz überzogen, dessen Zentrum vom Blut der Frau besudelt war.
Die Frau! Rasch stieg er aus und eilte zu ihr. Sie lag auf dem Rücken, ihre Gliedmaßen wirkten seltsam verrenkt, und aus Nase und Mund floss Blut. Ihre Augen waren weit aufgerissen. Sie lebte noch, doch sie reagierte nicht, als er sie ansprach. Sie starrte an ihm vorbei nach oben. Ihr Blick wirkte verklärt, ganz sicher stand sie unter Schock. Als sie

sprach, bildeten sich blutige Bläschen auf ihren Lippen.
„Das ist so wunderschön", flüsterte sie heiser und verzog ihren blutverschmierten Mund zu einem Lächeln.
Ihre Worte irritierten Philipp. Doch statt ihrem Blick zu folgen, sah er sich hilfesuchend um. Sie waren nicht allein auf der Straße. An der Station warteten ein paar Leute auf ihre Bahn, am Bordstein gegenüber standen zwei Männer, die genau gesehen haben mussten, was gerade geschehen war. Dennoch schien es niemanden zu interessieren. Sowohl die Wartenden am Bahnsteig als auch die zwei Männer schenkten Philipp und der schwerverletzten Frau keine Aufmerksamkeit, denn die hatten sie alle auf etwas über ihnen gerichtet. Philipp rief laut um Hilfe, doch niemand reagierte.
Als er selbst nach oben schauen wollte, um herauszufinden, wovon alle so abgelenkt waren, rauschte ein weiterer Wagen heran und krachte ungebremst in Philipps Auto. Beinahe hätte es ihn erwischt, doch konnte er im letzten Moment zur Seite springen. Die am Boden liegende Frau hatte weniger Glück. Der Mercedes schob Philipps Auto vor sich her, sodass sein Wagen die Frau überfuhr, bis sie ganz unter dem Fahrzeug verschwand. Philipp ächzte entsetzt, als er das Geräusch brechender Knochen hörte.
„Oh mein Gott", sagte der Fahrer des zweiten Wagens, nachdem er ausgestiegen war. Philipp blickte zu ihm hoch. Der beleibte Mann trug einen zerknitterten Anzug, und um seine beginnende

Glatze schmiegte sich ein Kranz aus feinen, ergrauten Haaren. Auf seiner Stirn prangte eine Platzwunde, aus der Blut über seine linke Gesichtshälfte lief.
Philipp rappelte sich auf und wollte dem Mann seine Hilfe anbieten, als er merkte, dass dieser sich gar nicht für den Unfall interessierte und dass sein Ausruf auch nicht der Frau unter dem Auto gegolten hatte. Er hatte den Kopf in den Nacken gelegt, das Blut in seinem Gesicht schien ihn überhaupt nicht zu stören. Er starrte mit offenem Mund nach oben, und nun endlich schaute auch Philipp nach oben.
Im ersten Moment konnte er nichts erkennen. Er hatte etwas Spektakuläres erwartet, ein außerirdisches Raumschiff oder wenigstens einen grell beleuchteten Zeppelin, aus dem ein Akrobat herauskletterte und waghalsige Kunststücke in luftiger Höhe vollführte. Stattdessen erblickte er nur Sterne, die den gesamten Himmel bedeckten. Es dauerte ein wenig, bis ihm an diesen Sternen etwas auffiel.
Zunächst war es ungewöhnlich, so viele, dermaßen hell leuchtende Sterne am Himmel über der Stadt zu sehen, deren eigene Lichter die Himmelskörper normalerweise ausblendeten. Diese Sterne jedoch strahlten so hell, wie Philipp es noch nie gesehen hatte, noch dazu in Konstellationen, die ihm völlig fremd waren. Außerdem schienen sie ihre Positionen permanent zu verändern, und schließlich begriff Philipp, woran das lag: Die Lichter bewegten sich.
Sie fielen vom Himmel.

Wie Sternschnuppen, schoss es Philipp durch den Kopf, doch sogleich korrigierte er sich selbst. Nein, nicht wie Sternschnuppen, denn sie waren viel langsamer und zogen keine Feuerschweife hinter sich her. Diese Lichter schienen eher zu trudeln wie Blätter im Wind. Philipp konnte nicht einschätzen, wie hoch sie sich befanden und wie lange es dauern würde, bis sie den Boden erreicht hatten.
Er wendete seinen Blick vom Himmel ab und schaute zu den anderen Menschen in seiner Nähe. Ausnahmslos jeder von ihnen starrte gebannt auf die fallenden Sterne und schien für nichts anderes mehr empfänglich zu sein.
Philipp fragte sich kurz, warum er nicht ebenso hypnotisiert worden war. Vielleicht lag es an dem Adrenalin, das seit dem Unfall durch seinen Körper gepumpt wurde. Auf jeden Fall fühlte er sich durchaus in der Lage, klare Gedanken zu fassen. Sein erster Gedanke galt der Frau, die immer noch unter seinem VW lag. Ihre Hand lugte hinter dem Vorderreifen hervor. Philipp bückte sich und ergriff sie vorsichtig. Er fühlte keinen Puls. Als er sich noch tiefer beugte, entdeckte er das Gesicht der Frau. Ihre Augen waren immer noch weit aufgerissen, doch sie blickten ihn leblos an. Er konnte nichts mehr für sie tun.
Er unterdrückte die aufkommende Übelkeit und sah sich nach dem Mann mit der Platzwunde um. Dieser war weg vom Auto weiter auf die Straße gegangen. Dort stand er mit starren Augen und schlaff an der Seite hängenden Armen, ohne seinen Blick vom Himmel abzuwenden. Philipp lief zu

ihm, legte ihm eine Hand auf die Schulter und versuchte, ihn mit sich zu ziehen.
„Kommen Sie runter von der Straße“, forderte er ihn auf, „bevor Ihnen auch noch etwas zustößt!“
Doch der Mann blieb wie angewurzelt stehen und war zu schwer, als dass Philipp ihn gegen seinen Willen hätte fortbewegen können. Er sah die Straße hinauf und hinunter und stutzte. Ein paar Meter entfernt hatten sich zwei weitere Autos ineinander verkeilt. Wann war das denn passiert? Zumindest würde so schnell kein weiterer Wagen durchkommen und den Mann auf der Straße auch noch überfahren. Philipp sah, dass neben diesen zwei Unfallwagen Menschen standen und ebenfalls nach oben starrten. Er konnte sich ihre Reaktion nicht erklären, doch sie machte ihm Angst.
Er musste Hilfe holen. Sein Handy fiel ihm ein. Das Telefon hatte in einem Fach in der Mittelkonsole gesteckt. Die Fahrertür seines Golfs war durch den Aufprall völlig verbogen und hing nur noch in der Halterung. Der ganze Wagen war grob zusammengeschoben worden wie eine Ziehharmonika. Philipp musste sich am Lenkrad vorbeizwängen, um an die Mittelkonsole zu gelangen. Das Fach war leer. Er fluchte lautlos. Wahrscheinlich war das Telefon herausgeschleudert worden.
Schließlich entdeckte Philipp es im Fußbereich vor dem Beifahrersitz, doch von der Fahrerseite kam er nicht heran. Er lief um den Wagen herum und rüttelte vergeblich an der Beifahrertür. Sie war verklemmt und ließ sich nicht öffnen. Allerdings zogen sich feine Risse durch das Fensterglas. Mit dem Ellenbogen schlug Philipp einige Male

dagegen und drückte die Scheibe nach innen. Er angelte durch das offene Fenster nach seinem Handy. Als er es endlich hatte und das Display aktivierte, musste er die nächste Enttäuschung einstecken: kein Netz.

Er steckte das Telefon in die Hosentasche und zog den Zündschlüssel seines Golfs ab. Abermals blickte er in den Himmel, in den auch alle anderen immer noch fasziniert glotzten. Der Lichterregen war noch näher gekommen. Er fiel nicht besonders schnell, sondern sank sanft hernieder wie Schneefall in Zeitlupe. Die ersten kleinen Lichter waren nur noch wenige Meter vom Boden entfernt. Philipp verengte seine Augen zu Schlitzen, konnte aber trotzdem nicht viel mehr erkennen als kleine, glühende Punkte, die sich wie ein Schwarm übergroßer Glühwürmchen näherten.

Eines der ersten Lichter hielt direkt auf den Mann mit der Platzwunde zu. Er reckte sich und streckte seinen Arm nach ihm aus. Das Licht landete auf seinen Fingerspitzen, wo es von einem Moment auf den nächsten hell aufleuchtete und größer wurde. Die Hand des Mannes fing Feuer. Die Flammen fraßen sich den Arm entlang und breiteten sich rasend schnell über den gesamten Körper aus. Der Mann stieß unartikulierte Schreie des Entsetzens aus. Er verkrümmte sich in seiner Todesqual und verstummte kläglich, als das Feuer sein Gesicht erreichte, in seinen Mund eindrang und seine Augen platzen ließ wie rohe Eier. Er war tot, noch bevor sein Körper auf dem Asphalt aufschlug, wo er in einem Funkenregen

auseinanderstob und nichts als Asche zurückließ.
Philipp stand fassungslos neben seinem Wagen und fragte sich, warum das Feuer keine Hitze ausstrahlte – er war so nah dran gewesen, er hätte Hitze spüren müssen, wenn da welche gewesen wäre. Eine weitere Frage drängte sich ihm in diesen Bruchteilen von Sekunden auf: Wie konnte er immer noch die Schreie des Mannes hören, wenn dieser schon längst restlos verbrannt war?
Weil es nicht seine Schreie sind, dachte Philipp nüchtern.
Das feurige Ende des Mannes mit der Platzwunde war nicht unbemerkt geblieben. Die zwei Männer auf der anderen Straßenseite hatten ihren Blick von den Lichtern losgerissen und sahen zu Philipp herüber. Da fingen schon die nächsten Menschen an zu schreien, weil auch sie von den fallenden Sternen getroffen worden waren. Ihre Körper gingen genauso schnell in Flammen auf.
Innerhalb weniger Augenblicke loderten überall menschliche Fackeln und ertönten grauenvolle Todesschreie. Einer der Männer war losgerannt. Er flüchtete geradewegs auf Philipp zu. Sein Partner hatte weniger Glück gehabt. Doch auch der Mann vor Philipp schaffte es nicht. Gleich zwei der fallenden Lichter erwischten ihn, eines am Kopf, das andere an der Schulter. Er rannte noch ein kurzes Stück laut schreiend weiter, bevor sein Körper den Kampf gegen die Flammen verlor und zu einem Aschehaufen zusammensackte.
Endlich konnte Philipp sich aus seiner eigenen Schockstarre lösen. Gerade rechtzeitig machte er einen Satz zurück, sodass ihn das nächste Licht

nur um Haaresbreite verfehlte. Er schaute kurz nach oben und stellte fest, dass dort noch hunderte, wahrscheinlich tausende dieser tödlichen Feuerbringer auf dem Weg zum Boden waren. Philipp machte auf dem Absatz kehrt und rannte blindlings zum nächsten Hauseingang. Mit voller Wucht warf er sich gegen die Haustür, und tatsächlich gab diese nach, sodass er hineinstolperte, das Gleichgewicht verlor und gegen das Treppengeländer stürzte.
Er stand auf und humpelte zum Hauseingang, um die Tür zuzuwerfen, damit keines dieser Dinger hineingelangen konnte.
Durch die Glasscheibe beobachtete er voller Entsetzen, wie die fallenden Lichter für Chaos sorgten. Eine Straßenbahn hatte die Station erreicht und war mit schrill quietschenden Rädern auf den Gleisen zum Stehen gekommen. Die Beleuchtung im Zug flackerte noch ein paar Mal auf, bevor sie ganz erlosch. Die Passagiere in den Waggons waren in Panik ausgebrochen, weil sich die Türen nicht öffneten. Sie drückten in Trauben gegen die Ausgänge und behinderten sich gegenseitig bei ihren Versuchen, sich mit Gewalt einen Weg nach draußen zu verschaffen.
Bleibt doch einfach, wo ihr seid, dachte Philipp. Doch schien keiner der Passagiere begriffen zu haben, dass draußen der Tod auf sie wartete. Es dauerte nur wenige Minuten, bis sie alle ohne Ausnahme vernichtet waren.
Da entdeckte Philipp das kleine Mädchen.

Das Mädchen

Es war höchstens sechs Jahre alt und lief an der Hand seiner Mutter, einer elegant gekleideten Frau mit hochgesteckten Haaren und goldenen Ringen an den Fingern. Mit seinem weißen Leinenkleid, den adrett geflochtenen Zöpfen und den glänzenden Schuhen sah das Mädchen aus, als käme es gerade von einem vornehmen Fest, zu dem es seine Mutter hatte begleiten dürfen. Sie waren plötzlich vor dem Hauseingang aufgetaucht, hinter dem sich Philipp verschanzt hatte. Vielleicht waren sie aus dem Restaurant gekommen, das ein kleines Stück die Straße hinunter lag. Die Kleine riss sich von der Mutter los, um einem fallenden Licht entgegenzulaufen, das nur noch wenige Meter über dem Boden schwebte. Es breitete den Rock seines Kleidchens wie eine Schürze aus, als wollte es den winzigen Stern darin fangen, und gluckste vergnügt.

„Guck mal, wie Sterntaler“, rief es seiner Mutter zu und lachte mit glockenheller Stimme. Die Mutter schaute lächelnd in den Himmel, ganz gebannt von dem Anblick der Lichter, und schien nicht zu merken, in welcher Gefahr sie und ihre Tochter sich befanden.

Geh da weg! Fass es nicht an!, versuchte Philipp zu rufen, doch seine Stimme war nur ein klägliches Krächzen. Hektisch riss er an der Haustür. Er wollte zu dem Kind rennen, es retten, es vor den Lichtern beschützen, aber statt die Tür nach innen

aufzuziehen, drückte er wie besessen dagegen und merkte es nicht einmal.
In diesem Augenblick landete das Licht auf der Schürze des Mädchens. Philipp hielt den Atem an. Nichts geschah. Kurz flackerte das Licht auf, dann erlosch es, ohne dem Kind auch nur ein Haar zu krümmen.
Erleichtert stieß er die Luft aus seinen Lungen. Endlich schaffte er es, die Tür zu öffnen, und stürmte hinaus. Er rief und wedelte mit den Armen. Die Mutter blickte empört zu ihm, als er gerade im Begriff war, das Mädchen zu packen. Doch dann fielen weitere Lichter herab, und Philipp musste zurückspringen. Dabei riss sich die Kleine los und schnappte nach einem der winzigen Sterne mit den Händen. Philipp hechtete zur Hauswand und presste sich an sie. Er wollte nicht hinsehen, doch seine Augen blieben weit geöffnet, sein Blick auf das Unglück gerichtet, gegen das er nichts mehr tun konnte. Das Kind fing ein Licht in seiner kleinen Hand, die es sogleich zur Faust ballte. Diesmal entzündete sich das tödliche Feuer, und es dauerte nur wenige Herzschläge, bis das Mädchen starb. Seine Mutter hatte nicht einmal Zeit, überhaupt zu begreifen, was ihrer Tochter soeben geschehen war, denn auf ihr landeten in diesem Moment gleich mehrere Lichter und löschten ihr Leben in einem Wimpernschlag aus.

Alles erlischt

Philipp war zu geschockt, um zu begreifen, was er

soeben gesehen hatte. Er rettete sich in den Hauseingang und versuchte nicht mehr, irgendjemandem zu helfen. Von überall her ertönten Schreie, es stank nach verbrannten Haaren, verbranntem Fleisch.
Alles erlischt, dachte er, und diese Worte hallten immer wieder durch seinen Kopf wie das Echo eines bösartigen Mantras.
Alles erlischt. Alles. Erlischt.
Immer mehr Lichter fielen vom Himmel. Sie segelten ziellos wie betrunkene Miniaturfallschirmspringer, wie Löwenzahnsamen im Sommer, jedes einzelne ein kleiner Lichtquell, der in seinem Inneren noch etwas Anderes transportierte, etwas Dunkles, das sich im Licht verbarg.
In dieser ersten Nacht herrschte überall das Chaos. Die Welt taumelte dem Abgrund entgegen, ja, sie war längst über seinen Rand gestolpert und befand sich in freiem Fall in Richtung Verderben.
Was Philipp erlebte, passierte in der ganzen Stadt, im ganzen Land. Es geschah überall auf der Welt: Sobald die Dunkelheit hereinbrach, kamen sie vom Himmel herab, schwebten auf die Erde nieder wie übergroße, illuminierte Regentropfen, zogen die Menschen in ihren Bann und überbrachten ihre tödliche Fracht. Viele verharrten in dieser unheimlichen Hypnose, blickten in den Himmel, die Gesichter in verzückt lächelnde Grimassen des Wahnsinns verzerrt. Diejenigen, die aufwachten, hatten kaum noch eine Chance zu entkommen, denn die Lichter fielen nun so dicht wie Schnee im Winter.

Alles erlosch. Die Welt, wie sie bisher funktioniert hatte, brach auf einmal zusammen. Unzählige Menschen fanden in dieser Nacht den Tod, jedoch nicht nur durch den Kontakt mit den fallenden Lichtern, sondern durch die Katastrophen, die sie auslösten. Überall in der Stadt kam es zu ähnlichen Unfällen wie dem, in den Philipp geraten war. Züge entgleisten, Flugzeuge stürzten ab. Der Strom fiel im gesamten Gebiet aus, und die modernen Kommunikationsmittel wurden von einem Augenblick auf den anderen vollkommen nutzlos.
Was auch immer die Lichter waren, woher auch immer sie gekommen waren, sie zerstörten alles Lebendige mit unerbittlicher Wucht und setzten die gesamten Errungenschaften menschlicher Technik außer Gefecht. Es ging die ganze Nacht weiter, und erst als der Morgen graute, nahm der leuchtende Niederschlag ab und verebbte schließlich ganz.
Unter den ersten Opfern der fallenden Lichter befanden sich vor allem diejenigen, die in der Nacht unterwegs waren: Taxifahrer, Schichtarbeiter, Kellner, Krankenhauspersonal, Prostituierte, Nachtschwärmer.
Die Überlebenden torkelten benommen durch die Stadt, und Philipp schloss sich ihrem ziellosen Zug an. Er wusste weder ein noch aus. Ohne Auto oder irgendeine andere Möglichkeit zu fahren, würde er tagelang unterwegs sein, um seine Wohnung zu erreichen. Er irrte durch die Straßen und betrachtete das Elend, das sich in seinem ganzen Ausmaß erst jetzt im Dämmerlicht des neuen Morgens zeigte. Es gab keine funktionierende

Infrastruktur mehr. Feuerwehr und Polizei fuhren kopflos durch die Gegend. Sie hatten selbst viele Opfer zu beklagen und versuchten, mit ihren stark dezimierten Truppen zu helfen, soweit es ihnen möglich war. Sie konnten aber nicht einmal die Leichen bergen, damit diese identifiziert und später würdevoll beerdigt werden konnten. Es gab keine Leichen. Es gab nur Aschehaufen, die vom Wind davongetragen wurden.
Philipp trug den Geschmack der Toten auf der Zunge. Ihr Geruch setzte sich in seinen Kleidern fest und verstopfte seine Nase.
Selbst der Erdboden schien mitgenommen worden zu sein. Die Rasenflächen und das Laub der Bäume sahen allesamt braun gesprenkelt aus, wie abgestorben. Philipp bückte sich und nahm eine Handvoll Erde aus einem Blumenbeet am Straßenrand auf. Er roch daran und hielt sich den Klumpen ganz nah vor die Augen. Normalerweise hätte er nun winzige Organismen sehen müssen, die im Erdreich lebten, Ameisen, Milben, Würmer, irgendetwas Kleines, Krabbelndes. Aber da war nichts. Die Erde fühlte sich tot an und roch genauso verbrannt wie alles andere. Sie war zerstört und vollkommen leblos.
Als er an zwei Jugendlichen vorbeikam, die ein funktionierendes Radio eingeschaltet hatten, gesellte er sich dazu, um auf diesem Wege mehr über die fallenden Lichter zu erfahren. Irgendwann schlich er mutlos weiter. Was er im Radio gehört hatte, nahm ihm jede Hoffnung: Das Phänomen hatte überall auf dem Planeten stattgefunden, es fand jetzt gerade auf der Seite

der Welt statt, auf der Nacht herrschte. Weltweit waren Millionen Opfer zu beklagen. Die Experten waren sich in zwei Dingen einig: Niemand hatte eine Erklärung dafür, worum es sich bei den todbringenden Lichtern genau handelte und woher sie gekommen waren. Und sie würden in der kommenden Nacht wieder fallen.

Was tun?

Auf der Suche nach einem sicheren Unterschlupf für die Nacht musste Philipp immer wieder an das Sterntalermädchen denken. Etwas war bei der Kleinen mit dem Leinenkleid anders verlaufen. Warum hatte das erste Licht sie nicht getötet? Es war in ihrer ausgebreiteten Schürze gelandet und wirkungslos erloschen. Vielleicht war das schon das ganze Geheimnis.

Wenn die Lichter ausgehen, stellen sie keine Gefahr mehr dar, überlegte Philipp.

Er kam an einem Souvenirladen vorbei, der mit seinen draußen aufgestellten Verkaufsständen voller bunter Postkarten, T-Shirts und anderem Schnickschnack wie ein Fremdkörper in dieser grau gewordenen, von Asche und Schweigen überzogenen Welt wirkte. Der Ladenbesitzer, ein älterer Hippie mit ergrautem Pferdeschwanz und leichtem Bierbauchansatz, stand im Türrahmen, kaute auf einem Streichholz herum und kratzte sich abwesend am Hinterkopf. Als er merkte, dass Philipp stehengeblieben war und ihn anschaute, nickte er ihm zu und sagte:

„Kein schöner Tag heute, nicht wahr?"
An der Art und Weise, wie er nuschelte, erkannte Philipp, dass der Mann schon einiges an Alkohol getrunken haben musste. Verübeln konnte er es ihm nicht.
„Nein, ist er nicht", bestätigte Philipp und fragte: „Warum haben Sie heute trotzdem geöffnet?"
Der Mann hob eine Augenbraue, als verstünde er Philipps Frage nicht. Dann machte er eine ausholende Geste und sagte: „Das ist alles, was ich habe, alles, was ich kann. Also mache ich weiter."
Philipp wollte schon weitergehen, als der Mann ihn heranwinkte und in verschwörerischem Ton sagte: „Ich verkaufe auch nützliche Sachen: Batterien, Getränke, Taschenlampen, Rucksäcke ... Sie sehen aus, als könnten Sie was brauchen."
Philipps Blick fiel auf einen Wühltisch gleich neben dem Eingang, und ihm fiel etwas ein. „So einen könnte ich wohl gebrauchen."
Der Mann nickte. „Kostet dreißig Euro", sagte er.
„Dreißig?", wiederholte Philipp ungläubig und deutete auf das Preisschild. „Da steht zehn!"
Der Händler kaute genüsslich auf seinem Streichholz und schob es von einem Mundwinkel in den anderen, bevor er grinsend antwortete. „Der Preis ist über Nacht gestiegen."
Philipp war sprachlos. Da ging die Welt gerade den Bach herunter, und die Menschen sollten ganz andere Probleme haben, als sich ums Geldverdienen zu kümmern, doch dieser Händler hier bestand darauf, dass Philipp bezahlte. Aber er war zu müde, um zu streiten oder zu feilschen. Kopfschüttelnd holte er seine Brieftasche hervor

und zählte die Geldscheine ab. Der Mann nickte zufrieden und sagte: „Suchen Sie sich einen aus."
Philipp entschied sich für den größten Regenschirm, den er finden konnte. Er war schwarz mit hölzernem, gebogenem Griff – völlig geschmacklos, aber er würde seinen Zweck erfüllen.
Er beschloss, auch noch einen Rucksack, zwei Taschenlampen, Wasser, Kekse und Batterien zu kaufen. Der Mann verlangte auch diesmal einen hoffnungslos überteuerten Preis, aber das war Philipp egal. Wenn die Voraussagen stimmten und diese Lichter weiter fielen, würden Dinge wie Batterien und Regenschirme schon bald zu unbezahlbaren Gütern werden und Geld als das erste Zahlungsmittel ersetzen.
Zum Abschied schüttelte er dem Ladenbesitzer die Hand und wünschte ihm alles Gute. Der erwiderte den Wunsch und fügte hinzu: „Eine Frage hätte ich aber noch."
„Und die wäre?"
„Wofür brauchen Sie den Regenschirm?"
Nun war es an Philipp zu grinsen. „Um mich vor den fallenden Lichtern zu schützen."
Der Mann schnalzte skeptisch mit der Zunge. „Sie glauben ernsthaft, dass dieser dünne Stoff Sie vor den leuchtenden Dingern beschützt? Ich glaube ja eher, dass die sich durchbrennen, meinen Sie nicht?"
Philipp schüttelte den Kopf, immer noch lächelnd. „Ich weiß, dass es funktioniert. Ich habe es gesehen."
Als es auf den späten Nachmittag zuging, fand

Philipp, dass es Zeit wurde, sich einen Unterschlupf für die Nacht zu suchen. Er kannte in dieser Gegend niemanden, bei dem er hätte unterkommen können. Überhaupt kannte er in der Stadt nur die Kollegen, die er täglich auf der Arbeit getroffen hatte, und selbst die waren ihm immer fremd geblieben. Von keinem wusste er, wo er wohnte. Nur über seinen Teamkollegen Schumann, mit dem er sein Büro geteilt hatte, wusste er ein wenig mehr. Schumann war verheiratet und hatte zwei kleine Töchter im Kindergartenalter. Er hatte Philipp ein paar Mal zu sich nach Hause eingeladen, es aber irgendwann gelassen, nachdem Philipp einmal zu oft dankend abgelehnt hatte. Schumann wohnte nicht in der Stadt, sondern genau wie Philipp in einem der Vororte im Speckgürtel. Da war die Luft sauberer, das Gras grüner, die Leute freundlicher. Und es war zu weit weg, um ihn aufzusuchen und um Asyl zu bitten.

Philipp musste an seine Mutter denken. Sie lebte in einem Pflegeheim an der Küste. Er telefonierte einmal wöchentlich mit ihr und besuchte sie zu allen Feiertagen. Seit ihrem Schlaganfall saß sie im Rollstuhl und reagierte auf ihre Umwelt nur noch teilnahmslos; selbst ihr eigener Sohn schaffte es kaum, ihr eine nennenswerte Gefühlsregung zu entlocken.

Philipp fragte sich, ob es ihr gut ging. Heute wäre sein Telefonanruf fällig gewesen, und er hoffte, dass sie es verstehen würde, dass er sie versetzen musste. Er hoffte auch, dass es in dem Heim noch Personal gab, das sich um die Bewohner kümmerte. Was machten denn jetzt all die

Kranken, Bettlägerigen und Hilfsbedürftigen, wenn die Menschen, die für sie sorgen sollten, von den fallenden Lichtern geholt worden waren?
Philipp schüttelte die Gedanken ab. Er musste sich um seine eigene Sicherheit kümmern. Er hatte schon überlegt, wildfremde Passanten anzusprechen und sie um Hilfe und Obdach zu bitten. Doch nachdem die Straßen im Vergleich zum Vormittag gespenstisch ruhig geworden waren, hatte er diese Idee nicht weiter verfolgt. Die Leute schienen sich zurückgezogen zu haben, aber Philipp war sich ganz sicher, dass sie heute Nacht, wenn die Sterne wieder herabsegelten, alle aus ihren Löchern kommen würden. Wie die Lemminge.
Er sah auf seine Armbanduhr. Es war fast sechs Uhr, die Dämmerung würde bald einsetzen. Auf einem kleinen Platz mit mächtigen Kastanienbäumen, die alle die gleichen braunen, toten Stellen aufwiesen, blieb er stehen und sah sich um. Er entdeckte ein Café an einer Straßenecke. Ein hellblaues Schild mit Blumenmuster verkündete, dass es sich um „Yvonnes Kaffeestube" handelte. Der Laden wirkte wie aus einem anderen Zeitalter. Es gab keine modernen Baristamaschinen, um alle möglichen Arten von Kaffeekreationen zu zaubern. In den Vasen auf den zierlichen Tischen steckten Kunstblumen aus Plastik und Stoff. Die Panoramafenster wurden von gehäkelten Gardinen gerahmt, und der Boden war in schwarz-weißem Schachbrettmuster gefliest. Gemütlich – auf eine altjüngferliche Art. In seinem früheren

Leben wäre Philipp daran vorbeigegangen, aber nun wirkte das Café geradezu verlockend. Obwohl niemand im Inneren zu sehen war, stand die Tür offen. Diese Einladung nahm er gern an.

Lara

Nachdem er sich im Laden umgeschaut und vergewissert hatte, dass er tatsächlich allein war, schlug er sein Nachtlager an einem der Tische bei der Eingangstür auf. Er fand ein paar Kissen, um es sich etwas bequemer zu machen, und aus dem Kühlschrank, der seit Stunden ausgefallen war, stibitzte er ein großes Stück Streuselkuchen. Zu gern hätte er sich dazu einen Kaffee gemacht, doch ohne Strom musste er darauf leider verzichten und mit einem Orangensaft vorlieb nehmen.
Kauend und trinkend saß er vor dem großen Fenster, die Füße auf einem Stuhl abgelegt, den Teller mit dem Kuchen auf dem Schoß balancierend, und beobachtete den verlassenen Platz. Viel zu sehen gab es nicht. Die alten Bäume mit ihren ausladenden Kronen ließen kaum etwas vom Himmel durchblitzen, doch als die Dämmerung hereinbrach, wusste Philipp, dass die Lichter wieder fielen, noch bevor er sie wirklich sah, denn er sah die Menschen.
Einer nach dem anderen tauchten sie auf, kamen aus den Häusern auf die Straße, traten auf ihre Balkons. Ausnahmslos starrten sie nach oben, ihre Gesichter in derselben tranceartigen Verzückung versunken, die Philipp schon am ersten Abend

gesehen hatte.
Warum tun sie das?, fragte er sich. Sie müssen doch wissen, was gleich passiert. Er stellte sich in den Eingang, den Regenschirm griffbereit in der Hand und rief den Leuten zu, dass sie sich in Sicherheit bringen sollten. Keiner von ihnen zeigte auch nur den Hauch einer Reaktion. Konnte es wirklich sein, dass sie allesamt hypnotisiert worden waren, dass sie vergessen hatten, welche Gefahr von den Lichtern ausging? Sie liefen offenen Auges in ihren Untergang, und Philipp konnte sie nicht retten.
Es dauerte nicht lange, und die ersten todbringenden Sterne tauchten zwischen den Ästen der Kastanienbäume auf. Etliche blieben darin hängen und verteilten ihr Gift über das Blattwerk, drangen in den Kreislauf dieser großen, uralten Pflanzen ein und verletzten sie schwer, bevor sie erloschen. Doch genügend Lichter kamen durch und erreichten die Menschen, die glückselig lächelnd und mit ausgestreckten Armen auf sie warteten. Philipp spürte, wie sich seine Augen vor Verzweiflung mit Tränen füllten, als er ein weiteres Mal tatenlos zusehen musste, wie all diese Menschen in grellen Flammen aufgingen und in feinpulverige Asche verwandelt wurden. Qualvolle Schreie ertönten und verstummten kurz darauf, nur um von neuen Todesschreien weiterer Opfer abgelöst zu werden.
Gerade als Philipp sich in das Café zurückziehen wollte, nahm er eine Bewegung zu seiner Linken wahr. Eine junge Frau torkelte wie eine Betrunkene über den Gehweg. In ihren offenen

blonden Haaren hatte sich ein Zweig verfangen, doch das schien sie nicht zu stören. Sie blickte ebenso verzaubert nach oben wie die anderen, und ihre grünen Augen strahlten in kindlicher Begeisterung. Plötzlich wurde sie schneller, streckte ihre Arme nach etwas aus, das von oben kam. Mehr instinktiv, als wirklich überlegt, handelte Philipp. In einer einzigen Bewegung sprang er auf die Frau zu, spannte den Schirm auf und hielt ihn wie einen Schutzschild über sie und sich selbst, während er sie mit seinem freien Arm an sich riss und festhielt. Ihr Parfum, eine Mischung aus Zimt und anderen Düften, die er nicht einordnen konnte, strömte in seine Nase. Selbst durch ihren Mantel spürte er, wie zart, wie zerbrechlich sie war, und welche Kraft zugleich durch ihre Adern strömte, denn sie stieß einen Schrei aus und wehrte sich heftig gegen Philipps Griff, doch er ließ sie nicht los und zog sie stattdessen mit sich zum Café. In diesem Augenblick landete das Licht auf dem Schirm, ein zweites folgte und traf gleich daneben auf den dunklen Stoff, der durchleuchtet wurde, der Berührung jedoch standhielt. Für einen Moment vergaßen Philipp und die junge Frau ihren Kampf, um mit angehaltenem Atem zu beobachten, wie die zwei Lichter noch einen kurzen Moment flackerten, bevor sie erstarben.
Philipp war der Erste, der die Luft aus den Lungen stieß und seine Fassung zurückgewann.
„Jetzt kommen Sie schon“, trieb er die Frau an, die sich nun widerstandslos in das Café bringen ließ. Er verschloss die Tür, damit keines der

Todeslichter ihnen hineinfolgen konnte. Sie sank auf einen Stuhl und schaute noch einen Augenblick ungläubig nach draußen, bevor sie ihr Gesicht in ihren Händen verbarg und hemmungslos zu weinen anfing. Philipp überlegte, ob er sie in den Arm nehmen sollte; ihr Zimtduft hing noch immer in seiner Nase. Er entschied sich jedoch, ihr stattdessen ein Glas Wasser zu bringen. Sie nahm einen winzigen Schluck und ließ das Glas bei dem Versuch, es auf den Tisch zu stellen, fast fallen, so sehr zitterten ihre Hände. Sie lächelte Philipp entschuldigend an, und er erwiderte ihr Lächeln und hatte für einen kurzen Augenblick das Gefühl, dass es egal war, wo er sich befand und was draußen geschah, denn jetzt war diese Frau da, und vielleicht war er nur in das Café geflüchtet, um auf sie zu warten – und sie zu retten.
Der magische Moment verging. Schweigend blickten sie nach draußen. Noch immer fielen die Lichter herab, doch längst war keine Menschenseele mehr zu sehen. Die Schreie waren verstummt. Auf dem Platz gab es nichts Lebendiges mehr. Auch wenn er es in der Nacht nicht sehen konnte, war Philipp überzeugt, dass selbst die einstmals majestätischen Kastanienbäume den Kampf verloren hatten und dass er am nächsten Morgen von ihnen nur noch die blattlosen, abgestorbenen Stämme und Äste vorfinden würde, vielleicht nicht einmal die. Mit jedem weiteren Licht, das auf den Asphalt traf und, ohne ein lebendes Ziel erreicht zu haben, wirkungslos erlosch, starb auch in Philipp ein Stück Hoffnung. Sollte das nun jede Nacht so

weitergehen? Würden sie weiterhin vor der Dunkelheit fliehen und abwarten müssen, bis der tödliche Niederschlag, der nur nachts auftrat, verebbte? Bei dem Gedanken daran, was das für die Welt, für das Leben, das er bisher gekannt hatte, bedeutete, fröstelte es Philipp, und sein Brustkorb zog sich schmerzhaft zusammen.

Plötzlich stand die junge Frau auf und ging zur Glastür. Philipp sprang sofort hinzu, bereit, die Tür zuzuhalten, sollte sie versuchen hinauszugehen. Doch sie tat nichts dergleichen. Stattdessen legte sie ihre Handflächen behutsam auf die Glasscheibe, ihr Gesicht so nah, dass ihr Atem auf der glatten Fläche kondensierte.

„Siehst du auch die Dunkelheit hinter den Lichtern?", fragte sie unvermittelt. Sie sah ihn nicht an.

Er dachte über ihre Frage nach. Dann nickte er und flüsterte leise: „Ja, ich sehe sie."

„Ich heiße Lara", sagte sie und drehte sich zu ihm um. Sie zwinkerte ihm zu und lächelte, doch es war ein trauriges, verlorenes Lächeln. Er erwiderte es dennoch und nannte ihr seinen Namen.

Sie setzten sich wieder und begannen, sich ihre Geschichten zu erzählen. Sie redeten und redeten für Stunden. Es half ihnen, sich nicht mehr so allein zu fühlen. Und im Laufe der Nacht geschahen zwei Dinge: Philipp und Lara verliebten sich ineinander, und sie fanden heraus, was sie gegen die fallenden Lichter unternehmen konnten.

In einer Welt ohne funktionierende Telekommunikation verbreiten sich Nachrichten nicht besonders schnell, aber sie gelangen früher oder später doch bis in die entlegensten Winkel.
Für Philipp war das kleine Mädchen mit dem Leinenkleid der Wegweiser, der ihn zur Lösung führte. Wenn die Lichter auf Schirmen landeten und weder den Boden noch ein lebendiges Wesen erreichten, konnten sie keinen Schaden anrichten. Sie hinterließen keine Spuren, als bestünden sie nur aus diesem Licht, dieser bösartigen Energie, die aus einer anderen Welt zu kommen schien. Sie mussten aufgehalten, aufgefangen werden. Sie mussten verglühen, ohne ihr Ziel zu erreichen.
In der kommenden Nacht spannten sie die Schirme vor dem Café auf, stellten sie so nah beieinander, dass kein fallender Stern hindurchgelangen konnte. Sie setzten sich nebeneinander unter die Schirme, hielten sich an den Händen und sahen dabei zu, wie über ihren Köpfen immer wieder die kleinen leuchtenden Tropfen ankamen und durch den hellen Stoff der Bistroschirme schienen. Sie verschwendeten ihre dunkle Energie sinnlos und verendeten geräuschlos.
Philipp und Lara blieben nicht die Einzigen, die die Schwachstelle der fallenden Lichter entdeckten. Überall, wo es größere Schirme oder Planen gab, wurden diese aufgespannt, damit die Menschen unter ihnen Schutz fanden. Auch zu Philipp und Lara gesellten sich im Laufe der Nacht weitere

Männer und Frauen, die teilweise nur zufällig unter den Schirmen gelandet waren, bevor die Lichter sie erwischt hätten. Längst liefen nicht mehr alle sehenden Auges in ihr Verderben. Es war, als wäre der Bann der fallenden Lichter gebrochen worden, sobald sie einmal erfolgreich vor den Lichtern gerettet worden waren.

Aus „Yvonnes Kaffeestube“ wurde eine Zuflucht für diejenigen, die aufgewacht waren.

In allen Teilen der Welt begannen die Überlebenden damit, sich selbst und ihre Ländereien mit riesigen Schirmen vor den Lichtern zu schützen. Die Techniken dazu wurden immer ausgereifter, bis die Menschen irgendwann in der Lage waren, Megaschirme von gigantischen Ausmaßen zwischen Pfeilern aufzuspannen, die bis in die Wolken ragten und das ganze Festland wie ein Netz bedeckten. Die Schutzschirme sorgten nun dafür, dass die tödlichen Sterne ihr Gift nicht loswurden. Sie fingen sie auf und ließen sie verglühen, Millionen von ihnen, Nacht für Nacht, Jahr für Jahr.

In der Zeit, die nun anbrach, gab es viel für die zu tun, die überlebt hatten. Es ging nicht nur ums Überleben, auch nicht nur darum, die knapp gewordenen Lebensmittel zu beschaffen, zu verteilen und Nachschub zu organisieren, was schwierig genug war, nachdem die fallenden Lichter ganze Landschaften vernichtet und tote Erde hinterlassen hatten, auf der nichts mehr wachsen wollte. Es ging nicht nur darum, alte Machtverhältnisse und Feindschaften zu überwinden, um gemeinsam für das Überleben der menschlichen Rasse zu sorgen. Auch die Probleme, die aus dem plötzlichen Wegfall der gewohnten Kommunikationswege entstanden, waren nur ein kleiner Teil, den es zu überwinden galt. Es war viel mehr als das, und dieser große Gedanke erfüllte Philipp trotz all der Verluste und der Trauer immer wieder mit Ehrfurcht und Aufregung. Er fragte sich, ob sich andere genauso bewusst waren wie er und Lara, dass sie Zeugen der Geburt einer vollkommen neuen Zivilisation waren, einer neuen Kultur, unabhängig von den alten Werten, die nun nichts mehr zählten.

Eine Menge Wissenschaftler und kluge Leute zerbrachen sich die Köpfe und versuchten, eine Erklärung für den todbringenden Lichtregen zu finden. Mittlerweile vertraten viele von ihnen die Meinung, dass sich die Erde inmitten einer gigantischen Wolke dieser Lichter befand. Warum sie jedoch nur in der Nacht gefährlich waren und bei Tageslicht gar nicht auftraten, darauf wusste niemand eine vernünftige Antwort. Immerhin schwang in der Erklärung der Forscher eine gewisse Hoffnung mit, denn wenn es sich wirklich um eine Wolke handelte, musste diese begrenzt sein, egal wie groß sie war. So konnten die Menschen nichts weiter tun, als Abend für Abend, Jahr für Jahr, immer rechtzeitig vor Einbruch der Dämmerung, die riesigen Schirme aufzuspannen und unter ihnen auszuharren.

Die Schutzschirme trugen einen besonderen Namen: *Sterntaler-Schirme*. Ihre Erbauer hatten sie so genannt, und Philipp fand, dass es ein wunderbarer Name war. Er ließ ihn stets an das

kleine Mädchen denken, das in seinem aufgespannten Kleid einen fallenden Stern gefangen hatte, damals in jener ersten Nacht, als die Lichter ein ganzes Menschenzeitalter auf einen Schlag beendeten und ein neues anfangen ließen. „Wie Sterntaler“, hatte das Mädchen gesagt. Ja, genauso hatten sie ausgesehen, genau das mussten damals viele gedacht haben, als sie sich von ihnen hatten fangen lassen.
Auch Philipp und Lara und später ihre Kinder und andere Mitglieder ihrer kleinen Gemeinde hatten immer wieder über die Frage nach dem Warum diskutiert. Woher kamen die fallenden Lichter? Waren sie von jemandem geschickt worden? Verfolgten sie ein bestimmtes Ziel? Steckte eine höhere Macht dahinter? Oder war das alles nur blanker, kosmischer Zufall?
Philipp war es im Grunde genommen egal, denn für sich selbst hatte er schon in der Nacht, als er Lara traf, seinen ganz persönlichen Schluss aus dem Ganzen gezogen: Das alles war wirklich „wie Sterntaler“. Er hatte alles verloren und schließlich so viel mehr bekommen, und alles hatte mit den fallenden Lichtern angefangen.

Hier und Jetzt

Es war spät, als die Stimme des alten Mannes verstummte. Noch immer saßen alle um sein Feuer versammelt, hatten seinen Worten aufmerksam gelauscht und schwiegen auch jetzt noch.
Die Sonne hing wie ein glutroter Ball am Horizont.

Die Nacht war nah. Das erste Signal ertönte, ein langgezogener, tiefer Ruf wie aus Hunderten Hörnern. In die riesigen Masten kam nun Bewegung. Die Gruppe um den Erzähler beobachtete, wie sich die gigantischen Schirme aufspannten und die Welt in ein rosa gefärbtes Zwielicht tauchten, als sie das restliche Sonnenlicht aussperrten, das nun durch ihren hellen Stoff schien.

Langsam kam Bewegung in die Versammlung. Die Familien verabschiedeten sich und trieben ihre Kinder zur Bettruhe. Die kleine Marla gab dem alten Mann einen Kuss auf die Wange und sagte: „Das war eine tolle Geschichte. Gute Nacht, Philipp!" Dann lief sie zu ihren Eltern, die dem alten Mann und seiner Frau zuwinkten, bevor sie aufbrachen.

Philipp erhob sich mühsam. Die Knie und der Rücken wollten nicht mehr so wie früher, und er ächzte, als er sich endlich ganz aufgerichtet hatte. Lara trat an seine Seite, und er legte den Arm um sie. Gemeinsam standen sie da, das Lagerfeuer im Rücken, die Gesichter der untergehenden Sonne zugewandt, und verfolgten, wie die Nacht anbrach und die ersten Lichter am Himmel über den Schirmen auftauchten. Sie leuchteten durch die aufgespannten Megaplanen wie Irrlichter, die ziellos umhertaumelten und schließlich erloschen. Sie konnten keinen Schaden mehr anrichten, dafür hatten die Menschen gesorgt.

„Ist dir auch aufgefallen, dass es weniger geworden sind?" fragte Lara.

„Ja", antwortete Philipp. „Viel weniger als damals

in den ersten Nächten."
Lara reichte ihm seinen Gehstock. Den brauchte Philipp seit einer Weile. Sie machten sich auf den Heimweg, Lara hakte sich bei ihm ein, mit der anderen Hand stützte er sich auf den Stock.
„Weißt du", sagte er langsam, und ein Lächeln huschte dabei über sein von Falten zerfurchtes Gesicht, „vielleicht erleben wir noch, wie es ganz aufhört."

Der Narrenkönig

Der König war tot, und das war noch das kleinste Problem.
Königin Aurelia schritt in ihrem Turmzimmer auf und ab. Der Saum ihres schweren Morgenmantels, den sie über ihr dünnes Nachtgewand geworfen hatte, verursachte bei jeder Drehung ein schleifendes Geräusch auf den Steinfliesen. Zwischendurch blieb sie stehen, schüttelte ihr offenes, langes Haar, warf ihre Hände in einer Geste der Verzweiflung hoch oder fasste sich an den Kopf. Dazu gab sie abwechselnd stöhnende Laute oder derbe Flüche von sich, deren genauer Wortlaut einer Königin nicht gerade statthaft war.
Lord Radobald, der erste Berater seiner Majestät, beobachtete das Schauspiel nun schon seit einiger Zeit mit angespannter Miene.
„Ich muss nachdenken“, hatte die Königin verkündet, bevor sie in ihre Wanderung durchs Turmzimmer verfallen war, die sie wie ein gefangenes Raubtier in einem Käfig wirken ließ. Gleich würde sie entweder explodieren oder zusammenbrechen, aber etwas musste geschehen. Radobald räusperte sich verhalten und erreichte, dass Aurelia in ihrer Bewegung innehielt und ihn schnaubend anstarrte.
„Meine Königin, wir müssen etwas unternehmen“, sagte er vorsichtig. „Die Zeit drängt.“
Sie stieß ein freudloses Lachen aus und stemmte

die Hände in die Hüften. Wie eine frisch gebackene Witwe wirkte sie im Moment nicht, eher wie eine Furie, eine wild gewordene Frau, die ihren Zorn kaum noch unterdrücken konnte.
„Als ob ich das nicht wüsste! Wie konnte er mir das nur antun?“, rief sie aus.
Lord Radobald zuckte mit den Achseln. Er konnte seine Herrin durchaus verstehen. König Theobald hätte sich keinen schlechteren Zeitpunkt aussuchen können, um das Zeitliche zu segnen. Er war einen Tod gestorben, den sich so mancher Mann wünschte: in den Armen einer schönen Frau, auf dem Höhepunkt körperlicher Leidenschaft. Dummerweise hatte es sich bei der schönen Frau nicht um seine Gattin Aurelia gehandelt, sondern um die zweite Küchenmagd Marianna. Das allein hätte schon ausgereicht, um die Wut der Königin zu erklären. Doch noch schlimmer war, dass in spätestens zwei Tagen eine Delegation aus dem benachbarten Königreich der Drei Seen eintreffen würde. Seit Jahren hatten sich dessen König Aramon und Theobald, Herrscher über das Königreich der Fünf Hügel, in einer Fehde verstrickt, die besonders in den Dörfern und Siedlungen entlang der Grenze immer wieder für blutige Zwischenfälle und Unruhen gesorgt hatte. Da Theobald für Staatsgeschäfte und das Wohl seines Volkes noch nie viel übrig gehabt und sich stattdessen seinen Lieblingsbeschäftigungen, den Weibern und dem Alkohol gewidmet hatte, war es stets Aurelia gewesen, die im Hintergrund dafür gesorgt hatte, dass die Dinge liefen und ihr Mann die Entscheidungen traf, die notwendig und richtig

waren für sein Reich.
Mit viel Geduld und Fingerspitzengefühl hatten Lord Radobald und die Königin die Friedensverhandlungen mit dem Königreich der Drei Seen überhaupt erst möglich gemacht. Wenn Aramons Leute erfuhren, dass das Königreich der Fünf Hügel keinen Herrscher mehr hatte, würde die Hölle losbrechen. Sie würden sie einfach überrennen und die Königin entweder zur Heirat mit Aramons Drittgeborenem zwingen oder sie töten und das Reich direkt an ihr eigenes angliedern.
Aurelia hielt an und ließ sich erschöpft in einen Sessel sinken. Ihre Zofe, die steif in der Ecke gestanden und auf ihren Einsatz gewartet hatte, eilte sogleich zu ihr und bot ihr ein Glas Wein an, von dem die Königin erst vornehm nippte, es sich dann aber anders überlegte und den Inhalt in einem einzigen Schluck hinunterstürzte. Eine Weile saß sie zusammengesunken da, das Gesicht in den Händen verborgen. Hätte Radobald es nicht besser gewusst, er hätte angenommen, die Trauer wäre jetzt endgültig über sie hereingebrochen. Doch er kannte seine Königin. Die Art, wie sie gleichmäßig ihre Schultern hob und senkte und wie sie ab und zu ein Schnauben von sich gab, zeigte an, dass sie angestrengt grübelte und kurz vor einer Lösung ihres Dilemmas stand. Er verlagerte alle paar Minuten sein Gewicht von einem Bein auf das andere und wartete so geduldig, wie es ihm eben möglich war.
Königin Aurelia erhob sich so plötzlich aus ihrem Sessel, dass Radobald vor Schreck

zusammenzuckte. Sie baute sich vor ihrem ersten Berater auf.
„Fassen wir die Lage zusammen“, begann sie in gefasstem Tonfall. Sie hielt einen Finger hoch und sagte: „Erstens: Unsere Reiche fechten schon seit Jahrzehnten einen Kampf um den Grenzverlauf. Der eine erlaubt dem anderen den Handel nicht. Die Durchreise auf dem Weg ins Nachbarkönigreich wird verboten oder durch horrende Gebühren erschwert. Dabei ging es immer nur um Nichtigkeiten wie die Quelle eines so genannten Wunderbaches, um das Jagdrecht in den Wäldern entlang der Grenze und um Grenzsteine, die unsere Leute angeblich versetzt haben sollen.“
„Nun ja, das mit den Grenzsteinen entspricht schon der Wahrheit, auch wenn König Theobald es eher als einen Scherz angesehen hat ...“, lenkte Lord Radobald zögerlich ein.
„Nichtigkeiten!“, unterbrach Aurelia ihn unwirsch. Sie hob einen weiteren Finger. „Punkt zwei: Beide Seiten betrachten eine Ehe zwischen unseren Häusern als die einzige Möglichkeit, Frieden zu schließen. Das Königreich der Drei Seen wartet seit Jahren darauf, dass wir eine Königstochter zur Welt bringen, damit Aramons dritter Sohn sie eines Tages ehelichen und unseren Thron besteigen kann. Wir haben mit Aramon darüber sogar einen Vertrag abgeschlossen. Aber ...“, der dritte Finger schnellte in die Höhe, „mein lieber Gemahl hat es nicht ein einziges Mal fertig gebracht, ein Kind zu zeugen, weder mit mir, noch mit einer seiner Huren.“

Lord Radobald wollte aus reiner Gewohnheit Partei für seinen Herrn ergreifen und setzte zu einer Gegenrede an, doch Königin Aurelia schnitt ihm mit einer drohenden Geste das Wort ab.
„Zeige mir auch nur ein Balg am Hof, das entfernt Ähnlichkeit mit Theobald hat. Nein, der konnte sein königliches Zepter vielleicht überall reinstecken, aber herausgekommen ist nie etwas, dafür fehlte seinen Lenden der Saft!"
Radobald schluckte peinlich berührt. Aurelia hatte sich in Rage geredet.
„Viertens", fuhr sie in verschärftem Ton fort, „hat Aramon von den Drei Seen die Nase voll und will nicht mehr warten, ganz zu schweigen von seinem dritten Sohn, der jetzt gerade auf dem Weg hierher ist. Dass der nicht in bester Laune sein dürfte, brauche ich dir ja wohl nicht zu erklären."
Aurelia hielt den fünften Finger hoch. „Und zu guter Letzt stirbt mein untreuer Dreckskerl von einem Gemahl plötzlich und unerwartet bei einer weiteren Nummer mit einem seiner Flittchen und hinterlässt mir nichts als einen riesigen Haufen Probleme."
Ihr Gesicht war nun ganz nah vor Radobalds. Er konnte ihre Wut glühend heiß auf seinen Wangen spüren.
„Also was tun wir jetzt?" Ihre Frage schwebte im Raum. Niemand sagte etwas oder wagte auch nur zu atmen. Radobalds Eingeweide krümmten sich unter dem brennenden Blick seiner Herrin. All die Würde und Erhabenheit, die er sonst ausstrahlte, waren wie weggeblasen. Ein piepsiges „Ich weiß es nicht" war alles, was er hervorbringen konnte.

Aurelia knurrte ihn verächtlich an und begann wieder, im Raum auf und ab zu laufen. Doch wie es aussah, hatte sie bereits einen Plan.
„Wer weiß von Theobalds Tod?“ fragte sie.
Lord Radobald zeigte auf sich und die Zofe und ergänzte: „Außerdem der junge Mann von Theobalds Leibgarde, der in dieser Nacht Wache hält. Und Marianna.“
Das arme Ding, dachte Radobald. Die unglückselige letzte Gespielin des Königs hockte immer noch allein in der Schlafkammer hinter der Küche und schluchzte vor sich hin. Marianna war ein nettes Mädchen. Sie hatte genau in das Beuteschema des Königs gepasst. Jung, hübsch, unerfahren und einfältig genug, sich auf die Avancen ihres Herrschers widerstandslos einzulassen. Was für ein Schock musste es für sie gewesen sein? Tränenüberströmt, nur mit einem Laken notdürftig bedeckt, war sie zu Aurelias Kammerzofe gelaufen und hatte ihr in stammelnden Worten erklärt, der König läge in seinem Bett, seltsam verkrümmt, blau angelaufen, und geatmet hätte er auch nicht mehr. Wahrscheinlich glaubte sie, dass sie den König umgebracht hatte.
Theobalds Leichnam lag übrigens immer noch in seinem zerwühlten Bett. Noch etwas, worum sie sich kümmern mussten.
Die Königin riss ihn aus seinen Gedanken. „Hol den Hofnarr und warte hier mit ihm“, befahl sie ihrer Zofe. Den Hofnarr? Radobald stutzte, aber sogleich schwante ihm, was für eine Idee Königin Aurelia gerade ausbrütete. Er kam nicht dazu, den

Gedanken bis zu seinem Ende zu verfolgen, denn Aurelia wandte sich nun an ihn:
„Und wir beide statten der kleinen Küchenhure einen Besuch ab."
Die Kammerzofe machte einen leichten Knicks und entfernte sich. Lord Radobald sah seine Herrin fragend an. Ihre Augen funkelten entschlossen.
„Hast du deine Waffe dabei?" fragte sie ihn.
„Meine Königin, es ist mitten in der Nacht", erwiderte er verdutzt.
„Was soll's", entgegnete sie unwirsch und marschierte los. „In der Küche gibt es genügend Messer."
Radobald eilte ihr hinterher. Er ahnte nichts Gutes.

***

Einige Zeit später verließen die Königin und ihr erster Berater die Küchengewölbe wieder. Sie waren auf dem Rückweg in das Turmzimmer. Aurelia wischte ihre mit Blut besprenkelten Hände an einem Tuch sauber, das sie anschließend achtlos auf den Boden fallen ließ. Radobald hob es sogleich auf und ließ es in seinem Gewand verschwinden. Er war blass und fühlte sich nicht besonders gut. Die Königin dagegen schien vor Tatendrang nur so zu sprühen.
„Sag dem Koch, dass er sich schleunigst nach einer neuen Magd umschauen soll. Immerhin bekommen wir in Kürze sehr hohen Besuch", wies sie Radobald an, während sie in so großen Schritten dahinflog, dass es ihm schwer fiel, mit ihr mitzuhalten. „Und schicke den Eltern des

Mädchens eine angemessene Abfindung."
„Aber was soll ich ihnen sagen?"
Aurelia machte eine wegwerfende Handbewegung. Für sie war dieser Fall längst abgeschlossen. „Ein Arbeitsunfall, was denn sonst? Hat nicht aufgepasst und sich an einem Messer verletzt."
Radobald war fassungslos. So herzlos hatte er seine Herrin noch nie erlebt. Vielleicht setzte ihr der plötzliche Tod ihres ungeliebten Gemahls doch mehr zu, als sie zuzugeben bereit war. Er folgte ihr in das Turmzimmer, wo die Zofe in Begleitung eines müde aussehenden Mannes in einem zerschlissenen Nachthemd schon auf sie wartete. Kaum betraten sie den Raum, war der Mann hellwach und sprang aus dem Sessel der Königin auf, in dem er es sich bequem gemacht hatte. Allein dafür hätte jeder andere sofort eine saftige Bestrafung erhalten, doch er war der Narr des Königs. Er genoss eine ganze Menge Freiheiten, und die nahm er sich auch in vollen Zügen. Noch nie hatte irgendjemand im Schloss ihn für sein Verhalten oder seine Scherze gemaßregelt, denn er stand unter dem uneingeschränkten Schutz und der Zuneigung des Königs, der ihn vor einigen Monaten an den Hof geholt hatte. Obwohl er in allen Künsten der Unterhaltung bewandert war, hatte er sich vor König Theobald nie besonders anstrengen müssen, um ihn zum Lachen zu bringen. Der Narr selbst war bereits der Witz.
Aurelia blieb vor ihm stehen und musterte ihn eindringlich von Kopf bis Fuß und wieder zurück, bis er unruhig wurde.
„Hofnarr", begann sie und legte eine Menge

vornehmer Königlichkeit in ihre Stimme. „Ich habe einen ganz besonderen Auftrag für dich. Das Wohl deiner Königin und das des ganzen Reiches hängt von dir ab.“
Die Augen des Hofnarren wurden immer größer. Nicht nur er, auch die Zofe und der erste Berater lauschten aufmerksam ihren Worten. Was die Königin ihnen sagte, ließ sie zunächst entsetzt erbleichen. Ein solcher Plan konnte doch niemals gut gehen! Nur ein Narr würde so ein Unterfangen wagen. Doch es war ja auch ein Narr, der diesen aberwitzigen Plan ausführen sollte.

***

Der Nachtwächter erwies sich als unerfahrener Bauerntölpel, der nicht einmal gemerkt hatte, dass der König eine Frau auf sein Zimmer eingeladen hatte. Genau das war auch der Grund gewesen, weshalb Theobald ihn zum Dienst hatte rufen lassen. Ein einfältiger Kerl, der nicht so schnell dachte, wie eine Taube kacken konnte, war genau der Richtige, um sich hinter seinem Rücken unbemerkt, aber standesgemäß bewacht, der Lust hinzugeben. Aber der Wächter war gesund und kräftig und steckte sowieso schon in der Sache drin, auch wenn er eine Weile gebraucht hatte, um den Zusammenhang zwischen der halbnackten Magd, die plötzlich aus dem königlichen Schlafgemach gestürmt war, und dem toten König herzustellen.
Zusammen mit Radobald musste er den Leichnam von König Theobald in einer kleinen Kammer in

einem kaum genutzten Flügel des Schlosses verstecken. Als er den Befehl von Aurelia erhielt, über all dies Stillschweigen zu bewahren und niemandem auch nur ein Sterbenswörtchen darüber zu erzählen, dass König Theobald dahingeschieden war, konnte man seinem glatten Gesicht ansehen, wie es in ihm arbeitete, bis sich die Frage nach oben kämpfte, die letzten Endes auch sein Schicksal besiegelte: „Und warum nicht?“

Die Königin bedachte ihn mit einem entnervten Stöhnen. Sie wies Radobald an, gemeinsam mit dem jungen Mann Mariannas Leiche zu entsorgen, die Kammer zu säubern und sich anschließend auch um ihn zu kümmern. So kam es, dass am nächsten Tag nicht nur eine Stelle in der königlichen Küche frei war, sondern auch eine in der Leibgarde des Königs.

Der Hofnarr indes war sprachlos. Dies war ein Zustand, in dem ihn bei Hofe noch niemals jemand erlebt hatte. Er war ein guter Hofnarr. Er hatte stets einen passenden Spruch auf den Lippen, konnte Possen reißen und lustige Geschichten aus dem Stegreif erzählen. Er konnte jonglieren, tanzen, mehrere Instrumente spielen und liebte es, schmutzige Lieder zum Besten zu geben. Allerdings hatten all diese Vorteile nicht den Ausschlag für seine Anstellung am Hof von König Theobald gegeben. Sein Aussehen war es gewesen. Er sah seinem Herrscher auf verblüffende Weise ähnlich. Dieser Umstand war sein größter Bonus, der auf mannigfaltige Weise Ausdruck in seiner Kunst fand und in König Theobald selbst den

größten Bewunderer hatte.
Doch nun war der Mund des Hofnarren zu einem staunenden O geformt und verharrte in dieser Position für Stunden, während er für seinen großen Auftritt hergerichtet wurde. Was er sonst nur als Spaß inszenierte, sollte er plötzlich ganz ernsthaft und ohne Augenzwinkern vollbringen.
Königin Aurelia lief um ihn herum wie ein aufgescheuchtes Huhn. Sie bombardierte den armen Narren mit nicht enden wollenden Informationen über die Fehde zwischen den Königreichen, mit Namen und Jahreszahlen, mit Etiketteregeln und Hinweisen, wie König Theobald dieses oder jenes zu sagen oder zu tun pflegte. Selbstverständlich wusste der Narr das meiste davon längst, doch diesmal ging es um die absolute Beachtung korrekter Daten und Regeln und außerdem um Leben und Tod.
Der Barbier war gerufen worden, um dem Hofnarren den korrekten Haarschnitt zu verpassen. Dem Hofschneider bluteten vor lauter Anstrengung schon die Finger, weil er innerhalb weniger Stunden ausgewählte Gewänder des Königs auf die Größe des Hofnarren umändern musste. Theobalds Leibesfülle übertraf die seines Narren um ein paar Zoll.
Lord Radobald befürchtete, sich am Ende des Tages auch noch um einen neuen Barbier sowie einen Schneider für das Königshaus bemühen und den Familien der spurlos verschwundenen Hoflieferanten hanebüchene, aber glaubhafte Ausreden auftischen zu müssen. Glücklicherweise hatten sich beide Herren aber schon seit vielen

Jahren als äußerst verschwiegene Geheimnisträger erwiesen. So genügte der Königin ihr Wort, um sie ungeschoren laufen zu lassen.
„Wenn ich jeden beseitigen lassen müsste, der irgendetwas Skandalöses aus unserem Schloss weiß, hätte ich längst kein Gefolge mehr“, sagte Königin Aurelia und knuffte ihren Berater in die Seite. „Nicht wahr, mein lieber Radobald?“
Der wurde kurz rot, erblasste darauf und zog es vor zu schweigen. Der Kragen seines Gewandes fühlte sich plötzlich viel zu eng an.
Er verließ die Königin und ihren falschen Gemahl und schlich müde über die Gänge des Schlosses. Ein Nickerchen wäre jetzt schön gewesen. Einer der Soldaten, die am Burgtor Wache hielten, eilte auf ihn zu. Er salutierte und berichtete, dass ein Kundschafter der Abgesandten von den Drei Seen eingetroffen wäre. Die Delegation sollte am nächsten Tag zur Mittagszeit eintreffen.
Radobald ließ ihn wegtreten, seufzte und machte kehrt, um seiner Herrin die Nachricht zu überbringen. An Schlaf war noch lange nicht zu denken.
Als er einige Stunden später den Hofnarren im königlichen Gewand erblickte, traute er seinen Augen kaum. Das Trugbild war verblüffend. Der Gewichtsunterschied war das Einzige, was jemandem, der Theobald gut kannte, sofort auffallen musste. Doch dafür ließ sich eine Erklärung finden. Auch Königin Aurelia war sehr angetan. Sie umrundete den Hofnarren mehrere Male und stieß einen anerkennenden Pfiff aus. Radobald hatte gar nicht gewusst, dass die Königin

pfeifen konnte.
„Sieh an, sieh an“, sagte sie und schnalzte mit der Zunge. „Du erinnerst mich daran, wie er war, als ich ihn kennenlernte.“
Der Hofnarr errötete ob ihres Kompliments wie ein junges Mädchen. Zum ersten Mal seit der Nachricht von Theobalds Tod keimte ein wenig Hoffnung in Lord Radobald auf.

***

Die Abgesandten von König Aramon reagierten nicht gerade begeistert auf König Theobalds Bedingung, dass seine Frau Aurelia den Verhandlungen beiwohnen und das gleiche Mitspracherecht wie er haben sollte. Eine solche Forderung war noch nie zuvor gestellt worden. Lord Ludolf, dritter Sohn von Aramon, der sich nicht einmal Prinz nennen durfte, solange er keine Gemahlin aus königlichem Hause vorzuweisen hatte, kniff misstrauisch die Augen zusammen und dachte an die warnenden Worte seines Vaters, der ihn darauf vorbereitet hatte, wer im Königreich der Fünf Hügel wirklich die Hosen anhatte.
Ludolf führte die Gruppe von hochwohlgeborenen Herren mit erhobenem Haupt in die große Halle, an deren Ende Theobald auf einem prunkvollen Thron saß und sie erwartete. Ludolf hatte den Herrscher anders in Erinnerung. Zum letzten Mal waren sie sich vor ein paar Jahren begegnet. Da war er deutlich beleibter und nicht so blass um die Nase herum gewesen. Auch sonst wirkte er nervös auf Ludolf. War der König krank? Das konnte eine

Erklärung dafür sein, dass Aurelia nicht von seiner Seite wich. Sie war es auch, die das Wort ergriff und als Grund für ihre Teilnahme an den Friedensverhandlungen notwendige Reformen im Königreich nannte. Sie sprach von Gleichberechtigung und Zeitgeist. Für so einen Unsinn hatte Lord Ludolf keinen Sinn. Er wollte diese Verhandlungen so schnell und erfolgreich wie möglich hinter sich bringen und wieder verschwinden.
Theobald, dem sein Ruf als Schwerenöter weit vorauseilte, hatte noch immer keinen Nachwuchs vorzuweisen, von einer Prinzessin ganz zu schweigen. Für Ludolf war die Sache klar: Theobald und Aurelia hatten den Vertrag gebrochen und mussten ihm nun deutlich entgegenkommen, damit sein Vater sich auf einen dauerhaften Frieden mit seinem alten Lieblingsfeind einließ.
Lady Aurelia machte auf ihn allerdings nicht den Eindruck, als ob sie sich durch männlichen Schweißgeruch und etwas Säbelrasseln einschüchtern ließ. Sie schaute ihm selbstbewusst geradewegs in die Augen und erwartete seine Zustimmung. Was soll's, dachte er. Durch ein gönnerhaftes Nicken gab er sein Einverständnis.
Die Verhandlungen dauerten bis in die Abendstunden. Keinem der Anwesenden war bewusst der Moment aufgefallen, an dem Königin Aurelia die Führung übernommen und schließlich mit viel Diplomatie und Geschick auf ein für alle zufrieden stellendes Ergebnis zugesteuert hatte. Einzig Lord Ludolf war es nicht entgangen, dass

sich Theobald bewusst zurückgehalten und seiner Frau das Wort überlassen hatte. Selbst wenn er den König gezielt ansprach und ihm eine Frage stellte, die ihm eine Entscheidung abverlangte, lenkte er das Gespräch zu Aurelia und bat sie um ihre Meinung. Die ganze Art und Weise, wie die beiden miteinander umgingen, kam Ludolf merkwürdig vor. Als er Theobald nach der Wunderquelle fragte, wandte dieser sich an Aurelia und sagte: „Ich würde sagen, die Quelle hat so viel Ärger gebracht, da können wir auch gut auf sie verzichten, oder wie siehst du das, *Schatz*?" Und Aurelia hatte kurz gehüstelt, mit einer Hand seinen Arm getätschelt und ihre Zustimmung bekundet. So ging es einige Male. Am Ende war es stets die Königin, die die Antworten gab.
Lord Ludolf ermahnte sich jedoch zur Ruhe. Schließlich waren Theobald und seine Frau ihnen in fast allen Punkten entgegengekommen. Der neue Grenzverlauf war exakt in die Karten eingezeichnet worden, die Handelsrouten sollten wieder geöffnet werden, und das Jagdrecht in den Wäldern an der Grenze konnte auch zur Zufriedenheit aller aufgeteilt werden. Sogar die Quelle, die angeblich Kranke heilen konnte, gehörte ab sofort zum Königreich der Drei Seen.
Ludolf konnte mit überragend positiven Ergebnissen nach Hause reiten und sollte froh sein. Doch irgendwie war das alles zu einfach gewesen. Theobald und Aurelia hatten in den meisten Punkten viel zu schnell eingelenkt. Er wurde das Gefühl nicht los, dass etwas nicht stimmte.

***

Das Freudenfest zu Ehren des neu geschlossenen Friedens zwischen den Königshäusern war in vollem Gange. Die große Halle vibrierte vor lärmenden Menschen, die lachten, schmatzten, sangen und sich gegenseitig auf die Schultern klopften. In der Mitte war eine offene Feuerstelle eingerichtet worden, über der ein ganzes Schwein briet. Bedienstete eilten umher und füllten die Becher der Gäste mit Wein, sobald diese nur zur Hälfte ausgetrunken hatten. Eine Gauklertruppe war kurzfristig an den Hof bestellt worden, um die Gesellschaft mit Tricks und Akrobatik zu unterhalten. Irgendjemand musste schließlich den Hofnarren ersetzen, der spurlos verschwunden war und nach dem schon einige gefragt hatten. Das Mädchen aus der Küche oder der junge Soldat hingegen wurden von niemandem vermisst.

Lord Radobald litt immer noch unter Atemnot. Ihm war nicht nach Feiern zumute. Stets im Hintergrund, die Augen wachsam geöffnet, beobachtete er das Treiben, ohne sich selbst aktiv an Wein, Weib und Gesang zu beteiligen. Die Verhandlungen waren überstanden, doch aufatmen konnte er erst, wenn Lord Ludolf und sein Gefolge wieder abgezogen waren.

Er bewunderte Aurelia für ihre Ruhe und Gelassenheit und war heilfroh über die erstaunlichen schauspielerischen Fähigkeiten des Hofnarren. Wie es aussah, hatte die Maskerade bisher funktioniert. Ein paar der Diener und

Wachen warfen ab und zu fragende Blicke auf den König, wagten es jedoch nicht, darüber auch nur ein Wort zu verlieren. Einzig Lord Ludolf, Aramons Drittgeborener, schien sich ebenso wenig entspannen zu können wie Radobald selbst. Mit Sorge betrachtete er Ludolfs finsteres Gesicht, hinter dem es arbeitete. Der Lord hatte Verdacht geschöpft.

Radobald zerrte am Kragen seines Gewandes. Seine Sorgen wurden nicht kleiner, als er seine Aufmerksamkeit auf den Hofnarren lenkte. Dieser saß mit skeptischer Miene auf seinem Platz und beobachtete mit heruntergezogenen Mundwinkeln das Spiel der Gaukler. Zwei von ihnen präsentierten eine lausige Jonglagenummer, bei der ihnen jeder dritte Ball herunterfiel. Der dritte versuchte sich als Barde. Er sang mit schiefer Stimme und begleitete sich selbst auf der Laute, die er aber mehr schlecht als recht beherrschte. Die Finger des Hofnarren trommelten nervös auf der Armlehne, und er verzog jedes Mal das Gesicht, wenn wieder ein Trick der Jongleure daneben ging oder der Barde einen Ton nicht traf.

Königin Aurelia tat ihr Bestes, um sowohl ihren falschen Gemahl von den schlechten Gauklern als auch die Gäste von dem wie ausgewechselt wirkenden König abzulenken. Sie lachte übertrieben laut, prostete jedem der Abgesandten zu und gab sich besonders viel Mühe, Lord Ludolf bei Laune zu halten. Dass dieser misstrauisch war, hatte also auch sie gemerkt, dachte Radobald nervös. Sehnsüchtig wartete er auf das Ende des Festes. Bei so viel Wein, der bereits geflossen war,

mussten doch bald die Ersten betrunken und schnarchend unter den Tischen liegen.
Dann geschah, was Radobald befürchtet hatte: Ein Narr war ein Narr und verhielt sich auch wie einer. Er konnte nicht aus seiner Haut.
Aurelias Gesichtszüge entgleisten, als der Narrenkönig aufsprang, einem der Gaukler die Jonglierbälle wegschnappte und anfing, seine eigenen Kunststückchen aufzuführen. Hoch und höher warf er die ledernen Kugeln, fing jede geschickt wieder auf, um sie erneut auf die Reise zu schicken. Fünf Bälle gleichzeitig ließ er fehlerfrei durch die Luft fliegen, bis er schließlich alle wieder auffing und sich theatralisch vor seinem sprachlos staunenden Publikum verbeugte.
Auch Radobald hatte das Schauspiel mit offenem Mund und einem im Halse stecken gebliebenen Entsetzensschrei angesehen. Als er jetzt endlich wieder keuchend Luft holte, fiel ihm auf, wie still es im Saal geworden war. Die Musik hatte aufgehört. Niemand sagte ein Wort, alle starrten nur auf den König, der soeben ein Jonglage-Kunststück vorgeführt hatte, als hätte er sein Leben lang nichts anderes getan. Aurelia quollen fast die Augen aus dem Kopf, und sie öffnete und schloss den Mund, um Fassung bemüht. Jetzt erst schien der Hofnarr zu bemerken, was er angestellt hatte. Langsam richtete er sich wieder auf und schickte ein unsicheres, entschuldigendes Lächeln in die Runde, das jedoch von niemandem erwidert wurde.
Lord Ludolf fand als Erster die Sprache wieder.

Tief und bedrohlich hallte seine Stimme von den steinernen Wänden wider, als er langsam sagte: „Ihr seid uns eine Erklärung schuldig, *König*. Oder sollte ich Euch besser gleich *Hofnarr* nennen und Euch fragen, was Ihr mit Theobald angestellt habt?"
Ein schockiertes Raunen rollte wie eine Welle durch den Saal. Der Hofnarr wich vor dem Lord zurück. Er ließ die Bälle fallen und versteckte seine Hände hinter dem Rücken, als könnte er dadurch etwas ungeschehen machen. Königin Aurelia war aufgesprungen und bekam ihre Schnappatmung nur mühsam unter Kontrolle. Radobald schloss verzweifelt die Augen. Das ist das Ende, dachte er.
„Aber, aber, Lord Ludolf", begann der Hofnarr und schaffte es, auf überzeugende Weise empört zu klingen. „Habt Ihr mich gerade einen Narren genannt? Ihr beleidigt mich in meinem eigenen Haus? Versteht Ihr das etwa unter friedlichem Miteinander?"
Ludolf erhob sich. Kampfeslustig ballte er seine Hände zu Fäusten. Aurelia stellte sich zu ihrem König und ergriff seine Hand, als wollte sie ihn davon abhalten, auf Lord Ludolfs Einladung zum Kampf einzugehen. Fast konnte man meinen, die Liebe zwischen ihr und Theobald wäre wieder aufgeflammt, so leidenschaftlich schaute sie ihren falschen Gemahl an. Radobald fragte sich, ob die Königin noch schauspielerte oder ob irgendetwas geschehen war zwischen ihr und dem Hofnarren, irgendwann im Laufe des Tages, als sie beide so hartnäckig um den Erhalt des Königreiches

gekämpft hatten.
Der Narrenkönig räusperte sich und verkündete mit klarer, sicherer Stimme: „Ihr alle wisst, wie sehr ich meinen Hofnarren geschätzt habe. Er gehörte zu meinen engsten Vertrauten, und ich war immer ein großer Bewunderer seiner Kunst. Was ich euch soeben gezeigt habe, hat er mir beigebracht. Leider weilt der Hofnarr nicht mehr an meinem Hof. Er ist von dannen gezogen und hinterlässt wahrlich eine große Lücke. Als König ist es nicht meine Aufgabe, den Narren zu spielen, das ist richtig. Aber“, er machte eine bedeutsame Pause und zeigte mit ausgestrecktem Finger auf die verunsichert dreinblickenden drei Gaukler, „als euer Gastgeber ist es meine Pflicht, für eure Unterhaltung zu sorgen und was diese erbärmlichen Gestalten geboten haben, ließ mich vor Scham rot anlaufen. Lieber mache ich mich selbst zum Narren und aus meinem Haus einen Narrenhof, bevor ihr euren Familien daheim erzählt, welch trauriges Schauspiel euch an meinem Hof geboten wurde.“
Er schaffte es, nach diesen Worten hoch erhobenen Hauptes in die Runde zu schauen, bis sein Blick auf Lord Ludolf traf und dort ruhen blieb. Der Lord geriet sichtbar ins Wanken, wandte schließlich als Erster den Blick ab und sagte: „Bitte verzeiht meine Dreistigkeit, König Theobald.“
Der Hofnarr nickte ihm als Zeichen der Vergebung zu und ging Arm in Arm mit Aurelia zurück an seinen Platz. Nachdem auch Lord Ludolf sich wieder hingesetzt hatte, ging das Fest weiter, als wäre nichts geschehen. Es wurde noch bis spät in

die Nacht geredet, getrunken und gelacht. Lord Radobald konnte endlich wieder frei durchatmen.

***

Königin Aurelia und ihr Gemahl verabschiedeten sich kurz nach Mitternacht von der immer noch johlenden, lärmenden Gästeschar und zogen sich in ihre Gemächer zurück. Lord Ludolf, der für den Rest des Abends in nachdenkliches Schweigen verfallen war, schaute ihnen mit zu Schlitzen verengten Augen nach. Radobald traf seine Herrin und den Hofnarren vor der Tür zu Aurelias Schlafgemach. Nachdem die Tür hinter ihnen geschlossen war, stieß er ein erleichtertes „Den Göttern sei Dank!“ aus und haute dem Hofnarren schwungvoll auf den Rücken. Aurelia lachte vergnügt wie ein junges Mädchen.
„Danke, meine Königin!“ Lord Radobald ging vor ihr auf die Knie und hauchte einen Kuss auf ihre Hand. „Ihr habt uns alle gerettet! Das war eine wahre Meisterleistung!“
„Ich danke *dir*“, sagte Aurelia zu ihrem falschen Gemahl. Sie hatte wieder diesen tiefen Blick auf ihn gerichtet, der Radobald schon zuvor aufgefallen war. Das unsichtbare Band, das sich zwischen den beiden zu bilden begonnen hatte, war fast körperlich spürbar. Sie hatten ihre Gesichter einander zugewandt, und viel fehlte nicht zu einem Kuss. Hätte man ein Streichholz dazwischen gehalten, es wäre von allein entflammt, so schienen die Funken zu sprühen. Einen Hauch von Aurelias Mund entfernt, hielt der Hofnarr inne und blickte irritiert zu Radobald, der

den beiden interessiert und mit einem geradezu seligen Lächeln zuschaute. Radobald löste sich aus seinem Bann, hüstelte und stammelte: „Ja ... gut ... ich werde dann mal ... wenn Ihr mich braucht, Herrin ...“
„Danke, Lord Radobald“, unterbrach Aurelia ihn, sah dem Hofnarren wieder in die Augen und fügte hinzu: „Ich habe alles, was ich brauche.“
Der königliche Berater entfernte sich rückwärts aus dem Schlafgemach des Königs und schloss leise die Tür. Er lachte in sich hinein, als er sich leichtfüßig umdrehte und – geradewegs in die breite Brust von Lord Ludolf hineinlief. Hinter dem Lord lagen zwei Wachen auf dem Boden, die von Ludolf anscheinend überrumpelt und hoffentlich nur bewusstlos geschlagen worden waren. Radobalds Grinsen erstarb augenblicklich, und das beklemmende Gefühl in seiner Luftröhre kehrte zurück. Lord Ludolf kochte vor Zorn und hielt ihm sein Schwert vors Gesicht.
„Was habt ihr drei da drinnen besprochen?“, fuhr er den verängstigten Berater an. „Habt ihr euch ins Fäustchen gelacht, weil alle auf euren Schwindel reingefallen sind?“ Er stieß Radobald so heftig mit dem Knauf seines Schwertes, dass dieser rückwärts hinfiel.
Ludolf wandte sich der Tür zu.
„Nein!“, rief Radobald und versuchte, sich hochzurappeln und den aufgebrachten Lord davon abzuhalten, das Schlafgemach zu stürmen. Doch er war nicht schnell genug. Ludolf sprang mit einem Kampfschrei ins Zimmer, das Schwert hoch über seinem Haupt erhoben, bereit, dem falschen Spiel

ein blutiges Ende zu bereiten.
Doch sein Schrei erstarb kümmerlich, und seine Waffe fiel ihm fast aus der Hand, als er sah, in was für eine Szene er hineingeplatzt war. Die Königin und ihr Gemahl waren halb nackt ineinander verschlungen auf das Bett gesunken, so tief in ihr leidenschaftliches Liebesspiel versunken, dass sie kaum voneinander lassen konnten, als sie von Lord Ludolf so jäh unterbrochen wurden. Aurelia stieß einen spitzen Schrei aus und bedeckte sich rasch mit dem neben ihr liegenden Umhang des Königs. Der König sprang auf, stellte sich schützend vor seine Lady und suchte seinerseits nach einer brauchbaren Waffe. Er bekam einen schweren, gusseisernen Kerzenständer zu fassen und hielt ihn vor sich.
„Was ist denn jetzt schon wieder?“ donnerte er los. Die mit seiner Rolle gewonnene Autorität stand ihm gut. „Lord Ludolf! Wie könnt Ihr es wagen, in unsere Gemächer einzudringen? Habt Ihr denn gar keinen Anstand?“
Ludolf brachte kein vernünftiges Wort hervor. Er stotterte herum, versuchte eine Entschuldigung und scheiterte kläglich.
„Ihr habt Euren Friedensvertrag, Eure Länder, Euren lächerlichen Zauberquell! Jetzt macht, dass Ihr davon kommt und lasst mich und meine teure Gemahlin endlich in Ruhe!“
Er machte einen Schritt auf Ludolf zu und holte schwungvoll mit dem Kerzenständer aus. Er traf Ludolf, der zu verdattert war, um rechtzeitig zu reagieren, am Arm und schlug ihm das Schwert aus der Hand.

Radobald, der nun ebenfalls ins Zimmer gekommen war, nahm seinen Mut zusammen und packte den fassungslosen Ludolf am Kragen, um ihn nach draußen zu begleiten. Diesmal konnte der Lord ihm sein Grinsen nicht mehr aus dem Gesicht wischen.

***

Die Abgesandten vom Königreich der Drei Seen verließen Theobalds Schloss noch vor dem Morgengrauen. Auf eine umständliche Abschiedszeremonie, wie es einem so hohen Besuch normalerweise zugestanden hätte, wurde auf Lord Ludolfs Wunsch verzichtet. Aurelia und ihr Hofnarr standen Arm in Arm auf dem Balkon und sahen der immer kleiner werdenden Reitertruppe hinterher, bis sie von den Wäldern verschluckt wurde.

Sie lehnte sich mit einem zufriedenen Seufzer an seine Brust.

„Ob wir Lord Ludolf wieder sehen?“, fragte sie.

„Glaube ich nicht“, entgegnete der Narr. „Dass er uns gestern Nacht in flagranti erwischt hat, macht schon den ganzen Morgen die Runde im Schloss. Seine eigenen Männer haben es mit Sicherheit auch vernommen. Ludolf wird jetzt erst einmal eine Weile damit beschäftigt sein, seinen guten Ruf wiederherzustellen.“

Er zog Aurelia noch fester an sich. Es half, seine Herrin so eng umschlungen im Arm zu halten, um glauben zu können, dass es kein Traum war. Sein Magen knurrte leicht.

„Frühstück?“, fragte er und grinste. Sie lachte und gab ihm einen Kuss. Gemeinsam schlenderten sie zurück ins Schlafgemach.
„Sag mal, wie ist eigentlich dein richtiger Name, mein Hofnarr?“
„Wenn du möchtest, lautet er ab sofort Theobald.“
Aurelia lachte wieder laut auf. Sie setzte sich aufs Bett und zog ihn zu sich herunter. „Wenn *du* es möchtest, werde ich dich von heute bis ans Ende aller Tage Theobald nennen. Mein König.“
„Narrenkönig“, korrigierte er sie lächelnd, bevor er mit ihr zurück unter die Laken schlüpfte.
Königin Aurelia entschied, dass das Volk nicht über den Tod seines Königs aufgeklärt werden sollte. Der König war immer noch da und stand von nun an fest und treu an ihrer Seite.
Die Leute akzeptierten erstaunlich schnell, dass sich der alte Theobald, der größte Schürzenjäger im ganzen Königreich, zu einem viel schlankeren, bis über beide Ohren in Königin Aurelia verliebten neuen Theobald gewandelt hatte. Man munkelte, er habe in der sagenumwobenen Zauberquelle ein Bad genommen.
Die Geschichte von Lord Ludolf, wie er nachts in das königliche Schlafgemach platzte, verbreitete sich nicht allein. Ebenso zur Legende wurde König Theobalds grandioser Auftritt als Meister der Jonglage. Dieses Kunststückchen gab er im Lauf der Jahre bei besonderen Anlässen immer wieder gern zum Besten.
So geschah es also, dass ein Narr das Königreich der Fünf Hügel regierte, doch das machte er so gut, dass niemals wieder jemand Verdacht schöpfte.

Die Brezelfrau

Am Rand der kleinen Stadt Dietzenbach, gleich am Fuß des Hexenbergs, stand ein Haus. Es war über einhundert Jahre alt und schon seit Jahrzehnten unbewohnt, als Johanna mit ihren Kindern dort einzog. Sie kannte Jakob Wedel, den Verwalter, noch aus ihrer Studentenzeit. Jakob schaffte es nicht, Käufer für das schäbig wirkende Gemäuer zu interessieren. Als er Johanna zum ersten Mal seit Jahren wieder traf und von ihrer Notlage erfuhr, hatte er eine Idee. Sie erzog ihre zwei Kinder allein, war seit einiger Zeit auf der Suche nach Arbeit und brauchte für ihre kleine Familie eine günstige Bleibe. Er bot ihr an, so lange in dem Haus am Waldrand zu wohnen, bis sie alles geregelt hatte. Sie sollte nur für die Nebenkosten aufkommen und sich ein wenig um Haus und Garten kümmern.

Johanna nahm das Angebot dankbar an, und so zog nach langer Zeit endlich wieder Leben in das alte Gebäude ein. Die junge Mutter fühlte sich nicht besonders wohl in dem Haus, ohne sagen zu können, woran es lag. Doch sie war erleichtert, ein Dach über dem Kopf zu haben; noch dazu recht viel Platz für nur drei Personen. Jedes Kind hatte sein eigenes Zimmer, und im Garten ließ es sich vorzüglich spielen. Hans und Greta, so hießen die Zwillinge, genossen das neue Leben und wenn sie ihr früheres Zuhause vermissten, so ließen sie es sich nicht anmerken.

Jakob, dem Johannas Wohl sehr am Herzen lag,

besuchte sie oft und half ihr, wo immer er konnte. Im Haus gab es noch ein paar schöne, alte Möbelstücke von den Vorbesitzern, und auf dem Dachboden waren uralte Kartons mit allerlei Kram gelagert. Jakob krempelte die Ärmel hoch und arbeitete die Möbel auf, und Johanna wühlte sich durch Berge von fleckigen, zerfledderten Büchern und altertümlich anmutender Wäsche. Das meiste warf sie weg, doch ein paar Bände, die noch recht gut in Schuss waren, behielt sie und stellte sie in das von Jakob restaurierte Regal im Wohnzimmer.
Unter diesen Stücken befand sich auch ein Märchenbuch. Jakob vermutete, dass es wertvoll war. Es war nicht nur sehr gut erhalten, es schien sich zudem um eine wirklich alte Ausgabe der gesammelten Hausmärchen der Gebrüder Grimm zu handeln. Johannas Kinder liebten die Märchen vom Rotkäppchen und Schneewittchen, von dem Wolf und den sieben Geißlein und vom Rumpelstilzchen. Johanna las ihnen oft vor. Sie genoss diese gemütlichen Augenblicke, wenn die beiden sich links und rechts neben ihr eng an sie kuschelten und lauschten. Als sie ihnen aus dem alten Märchenbuch vorlas, das schwer auf ihrem Schoß lag, kicherten die beiden oft, weil die altmodische Sprache des Buches sich in ihren Ohren so merkwürdig anhörte. Am allermeisten mochten die Kinder das Märchen von Hänsel und Gretel.
„Die heißen fast wie wir", stellte Hans fest.
Greta lachte darüber herzhaft, und Johanna stimmte mit ein, doch ihr Lachen war zögerlich und von düsteren Gedanken überschattet. Ihr

hatte das Märchen noch nie gefallen. Das Bild der Hexe vor ihrem Häuschen aus Pfefferkuchen zierte zudem noch den Buchdeckel. Was war schön an einer Geschichte über eine hässliche, alte Frau, die Kinder mit Süßigkeiten zu sich lockte, um sie aufzufressen?

Sie nahm sich vor, das Buch an ein Antiquariat zu verkaufen und stattdessen eine moderne Ausgabe mit schöneren, harmloseren Illustrationen zu besorgen.

Am nächsten Morgen entdeckte Johanna einen kleinen geflochtenen Korb auf der Türschwelle. Unter dem rot-weiß karierten Tuch lagen zwei Brezeln. Sie rochen verführerisch, als wären sie frisch gebacken worden. Eine Grußkarte ließ sich nicht finden, und sie fragte sich, wer dieses Geschenk dagelassen hatte. Jakob war der einzige aus dem Ort, den die junge Frau kannte; aus der Nachbarschaft hatte sich ihr noch niemand vorgestellt.

Ihre innere Stimme riet ihr dazu, misstrauisch zu sein, also entschied sie, das Gebäck wegzuwerfen – sehr zum Unwillen ihrer Kinder, die gern davon genascht hätten.

Als Jakob sie am Abend besuchte, hatte sie den Vorfall schon vergessen. Einen Tag später fand sie wieder ein Körbchen, gefüllt mit zwei Brezeln unter einem rot-weiß karierten Tuch. Es stand auf der Terrasse. Sein Anblick bereitete ihr eine Gänsehaut. Noch bevor die Zwillinge es entdecken konnten, ließ sie es verschwinden.

Am Nachmittag arbeitete sie im Vorgarten und sah eine Frau, die an ihrem Grundstück vorbeiging und neugierig zu ihr herüberschaute. Johanna hielt in ihrer Arbeit inne und grüßte die Frau freundlich, die den Gruß erwiderte; ein wenig zögerlich zwar, aber immerhin. Sie kamen ins Gespräch, und die Nachbarin fragte, ob Johanna sich denn schon eingelebt hätte in dem alten Haus.

„Es hat ja eine Ewigkeit leer gestanden", erzählte die Frau. „Ich kann mich kaum an die Vorbesitzer erinnern, so lange ist es nun her. Aber die sind damals auch von einem Tag auf den anderen aus dem Haus verschwunden."

Johanna fasste sich ein Herz und gestand der Frau, dass es ihr nicht so gut in dem Haus gefiel. Sie erzählte ihr von den Brezeln und fragte sie, ob sie eine Idee hätte, von wem diese Geschenke stammten.

Da wurde die Frau blass. Ihre Gesichtszüge verhärteten sich, und über ihre eben noch freundlich dreinblickenden Augen legte sich ein dunkler Schatten. Johanna dachte schon, die Frau würde einfach wortlos weggehen, doch sie gab ihr schließlich eine Antwort:

„Von wem auch immer die Brezeln kommen, Sie sollten sie auf keinen Fall annehmen."

Damit wandte sie sich ab und ließ Johanna verunsichert zurück.

An diesem Abend dachte sie daran, Jakob von der seltsamen Begegnung zu erzählen. Er hörte ihr stirnrunzelnd zu und legte einen Arm um sie, als er merkte, wie besorgt sie war.

„Ich wohne zwar schon mein ganzes Leben hier in Dietzenbach, aber den Hexenberg kenne ich auch nicht besser als du", sagte er. „Wenn du möchtest,

werde ich mich erkundigen."
Johanna nickte dankbar.
Jakob hielt Wort. Tagelang ließ er sich nicht blicken, weil er jede freie Minute damit zubrachte, Licht in das rätselhafte Dunkel zu bringen, in dessen Mittelpunkt seine angebetete Johanna, das alte Haus und diese merkwürdigen, anonymen Brezelkörbe standen.
Johanna versuchte, sich abzulenken, so gut es ging. Sie machte sich auf die Suche nach einer Arbeit, kümmerte sich um das Haus und beobachtete argwöhnisch jede ungewöhnliche Bewegung in ihrer unmittelbaren Umgebung. Neue Brezelkörbe tauchten nicht auf.
Hans und Greta merkten nichts von der Nervosität ihrer Mutter. Sie spielten im Garten und bauten sich Höhlen. Sie betrachteten das Haus als einen einzigen Abenteuerspielplatz, in dem es an jeder Ecke etwas zu entdecken gab. Jeder Raum, vom Keller bis zum Dachboden, wurde zum Verstecken spielen genutzt. Überhaupt schienen sie lieber drinnen als draußen zu spielen. Sie blieben unter sich und wirkten, als ob es ihnen nichts ausmachte, dass sie noch keine anderen Kinder aus der Nachbarschaft kennengelernt hatten. Sie genügten einander und waren glücklich damit. Also sollte Johanna es wohl auch sein.
Der Keller hatte sich zu ihrem Lieblingsort im Haus entwickelt. Das beunruhigte Johanna nicht weiter, auch wenn sie es bisweilen seltsam fand. Die Tür zum Keller befand sich in der Küche und stand immer offen, wenn die Kinder hinuntergingen. So wusste Johanna, wo sie sich

aufhielten. Außerdem konnte sie sicher sein, dass die Kinder im Keller nicht von ominösen Brezelgeschenken heimgesucht wurden. Der Heizungsraum war abgeschlossen, und es gab nur wenige Dinge, die Johanna dort unten aufbewahrte. Sauber und trocken war es auch. Dennoch: warum ausgerechnet der Keller?

Einmal waren die zwei stundenlang da unten verschwunden, und Johanna, die in der Küche beschäftigt war, lauschte ihren hellen Stimmen und ihrem fröhlichen Lachen. Manchmal drangen nur Murmellaute zu ihr nach oben in die Küche. Manchmal schien es, als ob dort unten mehr als nur ihre Kinder zugange waren und eine regelrechte Kinderparty veranstalteten. Es klang, als ob die zwei ihr eigenes Theaterstück aufführten und für die verschiedenen Rollen ihre Stimmen verstellten. Beim Abendessen sprach Johanna sie darauf an. Sie wollte wissen, was so spannend am Keller war, dass sie dort so viel Zeit verbrachten.

„Im Garten ist es doch viel schöner", sagte sie. „Selbst der Dachboden scheint mir spannender als der Keller."

„Wir spielen dort mit unseren Freunden", erklärte Hans mit vollem Mund.

„Sie können nirgendwo sonst hin", ergänzte Greta. „Also kommen wir zu ihnen."

Der Bissen Brot in Johannas Mund wurde zu einem schweren Klumpen Blei, den sie nur mit Mühe herunterschlucken konnte. Mit gerunzelter Stirn betrachtete sie ihre Kinder, wie sie in trauter Zweisamkeit nebeneinander am Esstisch saßen

und nicht bemerkten, was für einen Schreck sie ihrer Mutter mit ihren Worten eingejagt hatten.
Johanna verbat ihren Kindern, im Keller zu spielen, worüber die beiden mehr als unglücklich waren. Doch sie fügten sich und verlagerten ihr Spiel wieder in den Garten.
Die Tage verliefen friedlich, und beinahe vergaß Johanna ihre Sorgen, hätte Jakob sie nicht eines Abends daran erinnert. Er brachte Kopien von alten Zeitungsausschnitten und ein paar vollgekritzelte Notizzettel mit und breitete sie auf dem Tisch aus.
„Du glaubst nicht, was für alte Akten meine Firma im Archiv lagert“, berichtete er nicht ohne Stolz. „Ich konnte auch ein paar Unterlagen über das Haus finden, die ich noch nicht kannte. Es lässt mich jetzt besser nachvollziehen, warum hier so lange niemand gewohnt hat. Und ich habe die Namen der letzten Bewohner herausbekommen.“
Sie setzten sich ins Wohnzimmer. Die Kinder schliefen bereits. Johanna öffnete eine Flasche Rotwein und füllte ihn in bauchige Gläser. Das Licht der letzten Sonnenstrahlen des Tages brach sich in der dunkelroten Flüssigkeit und ließ sie aussehen wie geschmolzene Rubine.
Sie stießen an, als hätten sie einen Grund zum Feiern. Dabei war Johanna sich nicht einmal mehr sicher, ob sie überhaupt hören wollte, was Jakob herausgefunden hatte. Er nahm einen tiefen Schluck.
„Das ist fast auf den Tag zwanzig Jahre her“, begann er. „Das Ehepaar hieß Schmidt. Sie waren nicht von hier. Sie kamen aus Frankfurt und hatten

das Haus gekauft, um sich hier zur Ruhe zu setzen. Vor ihnen hatte es auch schon ziemlich lange leer gestanden. Die Nachbarn hatten keinen besonderen Kontakt zu den beiden; deshalb fiel es zunächst nicht auf, dass sie verschwunden waren. Aber eines Morgens klopfte eine Frau aus der Nachbarschaft an die Tür. Sie wunderte sich über die Zeitungen, die sich vor der Haustür türmten und nicht abgeholt worden waren. Es öffnete niemand. Schließlich rief man die Polizei. Die fanden das Haus vollkommen verlassen vor."
Jakob beugte sich vor und senkte seine Stimme zu einem verschwörerischen Flüstern.
„Sie entdeckten von den Schmidts keine Spur. Aber die Hintertür, die in den Garten führt, stand offen und die Gartenpforte, durch die man in den Wald gelangt, ebenfalls. Und weißt du, was man auf dem Tisch in der Küche fand?"
Johanna schüttelte stumm den Kopf. Sie ahnte, was es war, doch ihr versagte die Stimme.
„Da stand ein leeres Bastkörbchen; darin und drumherum verstreut waren Krümel von Gebäck. Diese Krümelspur setzte sich bis in den Wald fort und verlor sich nach wenigen Metern. Die Polizei führte eine groß angelegte Suchaktion durch, aber die Schmidts blieben spurlos verschwunden."
Jakob lehnte sich zurück und trank noch einen Schluck von seinem Wein. Er sah blass aus, fand Johanna. Sie ahnte, dass es noch nicht alles gewesen war, was Jakob über das Haus herausgefunden hatte. Er wich ihrem Blick aus, als er weitersprach.
„Die Nachbarin heißt Hilde Korpath. Ihr Name

steht in einem Zeitungsartikel über den Vorfall." Er deutete auf die Kopien, die auf dem Tisch verteilt lagen. „Ich habe sie ausfindig machen können. Sie lebt in dem Seniorenheim in Steinberg. Ich habe mit ihr telefoniert ..."

Johanna lauschte mit immer schneller klopfendem Herzen Jakobs Bericht. Hilde Korpath hatte gleich neben den Schmidts gewohnt. Vor allem Frau Schmidt war ihr aufgefallen, weil sie anscheinend unter Schlaflosigkeit gelitten hatte. Frau Korpath stand selbst oft nachts auf und hatte die Nachbarin öfter dabei beobachtet, wie sie ruhelos im Wohnzimmer auf und ab schlich und sich in warmen Nächten auch auf die Terrasse setzte und ein Buch las. Eines Tages wurde Frau Korpath von Frau Schmidt gefragt, ob sie wohl diejenige gewesen sei, die ihr die frisch gebackenen Brezeln auf die Türschwelle gestellt hätte. Doch Frau Korpath verneinte, und auch sonst gab sich niemand aus der Nachbarschaft als der edle Spender zu erkennen. Ob sie von den Brezeln auch gegessen hätten, wollte Frau Korpath wissen. Oh ja, das hatten sie. Beide. Und die Brezeln wären so köstlich gewesen. Das war das letzte Mal, dass die alte Hilde Korpath die Nachbarin gesehen hatte.

„Tja", schloss Jakob seinen Bericht ab, „wenn du mich fragst, dann haben sich die Leute am Hexenberg eine hübsche, kleine, urbane Legende gestrickt und sie mit diesem Haus und seinen Bewohnern verbunden."

Aber war das wirklich alles? Johanna versuchte, Jakobs Worten zu glauben und diesem ganzen Brimborium um das Haus und die Brezeln keine

tiefere Bedeutung beizumessen. Sie versuchte es wirklich, doch es wollte ihr nicht gelingen.
Nachdem Jakob gegangen war, betrat sie leise das Schlafzimmer ihrer Kinder und beobachtete, wie sich ihre kleinen Brustkörbe ruhig und gleichmäßig hoben und senkten. Wovon sie wohl gerade träumten? Von Brezeln in geflochtenen Körben? Von unsichtbaren Spielkameraden, die im Keller auf sie warteten?
Hans und Greta waren ihr Ein und Alles. Sie waren glücklich hier. Nichts an diesem Haus schien sie zu ängstigen. Doch Johannas Sorgen wuchsen. Mit gemischten Gefühlen ging sie zu Bett.
Für Johannas kleine Familie schien es ein wenig aufwärts zu gehen. Jakob hatte ihr ein Vorstellungsgespräch in einer kleinen Firma im Ort vermittelt. Der Chef war sehr freundlich gewesen und wollte sie gern zum nächsten Monat einstellen. Annabelle, eine Nichte von Jakob, hatte sich angeboten, ab und zu auf die Kinder aufzupassen, damit Johanna sich um die Arbeitssuche oder einfach einmal nur um sich kümmern konnte. Für die Zwillinge wurde endlich ein Kindergartenplatz frei. Nur noch diese Woche durchhalten, sagte Johanna zu sich selbst. Jeden Tag musste sie sich aufs Neue zusammenreißen, um nicht beim kleinsten Geräusch aufzuschreien. Ein so altes Haus machte ständig Geräusche. Es knackte und knarrte wie ein lebendiges Wesen, das lauschte und atmete. Johanna fragte sich, ob sie sich wohl jemals daran gewöhnen würde.
Immer wieder musste sie an Hilde Korpath und das denken, was Jakob ihr erzählt hatte. An dieser

ganzen Geschichte war noch viel mehr dran, das spürte sie. Sie schaffte es nicht, ihre sorgenvollen Gedanken abzuschütteln.
Als das nächste Brezelkörbchen auftauchte, reichte es ihr. Die Kinder fanden es beim Spielen im Garten. Es musste irgendwo im Gebüsch am Zaun versteckt gewesen sein. Johanna kam in letzter Sekunde dazu, ein Tablett mit Getränken in den Händen, als sie sah, wie Hans gerade im Begriff war, in das Gebäckstück zu beißen. Sie schrie auf, ließ das Tablett fallen, das mit dem schrillen Klirren von zerbrechendem Glas auf den Terrassenstufen aufschlug, und sprang zu ihren Kindern.
„Nein!“, rief sie panisch, ihre Stimme überschlug sich. Hans saß mit großen Augen und offenem Mund da, die Hand mit der Brezel war kurz vor seinem Mund zum Halten gekommen. Auch Greta hatte sich erschrocken zu ihrer Mutter umgedreht, die wie eine Furie auf die beiden zu rannte. Johanna entriss ihrem Sohn die Brezel und schleuderte sie, so weit sie konnte, in den Wald hinein. Sie schnappte das Körbchen mit dem rot-weiß-karierten Tuch und hielt es von sich wie etwas Ekliges, Abstoßendes. Ohne ein weiteres Wort zu den Kindern marschierte sie steifbeinig um das Haus herum bis zur Mülltonne und warf das Körbchen hinein.
Sie spürte, wie schnell ihr Herz klopfte und hörte, wie laut und schnaufend ihr Atem ging. Als sie sich wieder einigermaßen im Griff hatte, straffte sie sich und ging zurück zu ihren Kindern. Gretas Lippen bebten; sie war kurz davor, in Tränen

auszubrechen. Hans schaute seine Mutter vorwurfsvoll und mit wütendem Blitzen in den Augen an. Johanna hob an, den beiden zu erklären, warum sie das getan hatte, doch ihr wollten nicht die richtigen Worte einfallen. Sie wusste ja selbst nicht genau, was das alles zu bedeuten hatte. Also ließ sie es bleiben und bat die Zwei stattdessen, im Haus weiterzuspielen.
Wortlos verschwanden die Kinder in ihrem Zimmer. Johanna folgte ihnen schweigend. Bevor sie die Terrassentür schloss, warf sie einen misstrauischen Blick in den Wald hinterm Garten. Dort war niemand zu sehen; dennoch hatte sie das heftige Gefühl, beobachtet zu werden.
Sie zog die Vorhänge zu. So konnte es nicht weitergehen, entschied sie, griff zum Telefon und wählte Jakobs Nummer. Sie erreichte nur seinen Anrufbeantworter.
„Jakob, ich kann hier nicht mehr wohnen. Ich möchte so schnell wie möglich umziehen. Ganz egal, nur raus hier. Bitte ruf mich an, ja?"
Als nächstes rief sie die Auskunft an.
„Bitte geben Sie mir die Nummer von Hilde Korpath in Dietzenbach."

Johanna saß in einem kleinen, adrett eingerichteten Wohnzimmer, in dem jedes Nippesteilchen seinen festen Platz hatte und die Zeit stillzustehen schien, und nippte an ihrem Tee.
Die alte Dame ihr gegenüber hatte es sich in einem Ohrensessel bequem gemacht, über dessen Kopflehne ein weißes Deckchen mit handgearbeiteter Häkelspitze lag, um den Stoff vor

fettigen Haaren und Schuppen zu schützen. Sie war sofort damit einverstanden gewesen, dass Johanna sie besuchte.
„Ich kriege so selten Besuch“, hatte sie erklärt. Doch in ihrer Stimme schwang noch eine andere Botschaft mit, die Johanna auch unausgesprochen verstanden hatte. Hilde Korpath wusste noch ein paar Dinge, die sie Jakob nicht erzählt hatte. Als Johanna am Telefon das Haus am Wald in Hexenberg und die Brezelkörbchen erwähnt hatte, war Hilde Korpath es gewesen, die vorschlug, dass sie sich persönlich trafen.
„Nun“, begann die Alte, stellte ihre Tasse vorsichtig auf den kleinen Tisch, lehnte sich zurück und faltete sorgfältig ihre altersfleckigen Hände ineinander, „Sie leben jetzt also in dem alten Haus der Schmidts. Wie gefällt es Ihnen dort?“
Johanna zuckte mit den Schultern. „Die Kinder haben viel Platz zum Spielen. Aber ... es ist ein sehr altes Haus.“ Sie trank noch einen Schluck Tee; ihr Mund fühlte sich plötzlich trocken an.
Frau Korpath nickte bedächtig. „Ein altes Haus, in der Tat“, sagte sie nachdenklich. „Ein Haus mit einer Geschichte. Keiner schönen Geschichte.“
„Ich weiß“, entgegnete Johanna. „Jakob ... Herr Wedel von der Hausverwaltungsgesellschaft hat mir von dem verschwundenen Ehepaar erzählt.“
Die Alte hob einen Zeigefinger in die Höhe. „Ah, die offenen Türen ... das Körbchen ... die Krümel. Dann wissen Sie schon ein wenig über die Geschichte des Hauses. Aber nicht alles. Die Schmidts waren nicht die ersten, die einfach so verschwanden.“ Sie zeigte mit dem Finger auf Johanna. „Es ist gut, dass

Sie hergekommen sind, Kindchen. Es ist wichtig, dass Sie verstehen, was einst dort geschah. Was im Wald vom Hexenberg geschah."
Johanna lief es kalt den Rücken hinunter. Sie war begierig darauf, alles zu erfahren, doch gleichzeitig fürchtete sie sich vor der Wahrheit. Hilde Korpath faltete ihre Hände wieder adrett im Schoß, machte einen tiefen Atemzug und stieß die Luft mit einem Seufzen aus, bevor sie begann, die Geschichte zu erzählen.
„Ich bin sehr alt, Kindchen", sagte sie. „Manchmal vergesse ich mein Alter, aber heute Morgen habe ich mich wieder erinnert. Nächsten Sommer werde ich einhundertvier Jahre alt. Kaum zu glauben, nicht wahr? Aber es stimmt, und ich habe mein ganzes Leben hier in Dietzenbach verbracht."
Johanna beugte sich vor und vergaß alles um sich herum, während sie der leisen Stimme der alten Dame lauschte.
„Ich wuchs am Hexenberg auf. Mein Elternhaus stand gleich neben dem Haus, in dem Sie jetzt wohnen. Als ich ein kleines Mädchen war, war das Haus unbewohnt, aber es zogen irgendwann Leute ein, die eine Tochter in meinem Alter hatten. Ihr Name war Maria. Wir freundeten uns an und spielten viel miteinander, aber ich wollte nicht in ihrem Garten spielen und erst recht nicht in dem Haus. Sie lud mich oft dazu ein und wollte mir ihre *geheimen Freunde* vorstellen, die angeblich im Keller des Hauses lebten. Aber ich mochte diesen Ort nicht, hatte regelrecht Angst davor, ihn zu betreten, obwohl ich zu dem Zeitpunkt noch nichts über seine düstere Vergangenheit wusste. Marias

Erzählungen über ihre *geheimen Freunde* versuchte ich als Hirngespinste abzutun. Ich war aber immer froh, wenn wir das Thema wechseln konnten. Eines Tages brachte Maria ein Körbchen mit Brezeln zu uns rüber."

Bei der Erwähnung des Gebäcks zog sich Johannas Magen zu einem harten Klumpen zusammen. Sie bemühte sich um Fassung und hoffte, dass Hilde Korpath davon nichts mitbekam.

„Sie war ganz aufgeregt", erzählte die alte Dame weiter. „Sie behauptete, die Feen aus dem Wald hätten ihr die Brezeln geschenkt. Ich sollte auch davon essen, doch ein innerer Instinkt hielt mich davon ab. Maria wurde deswegen sehr wütend auf mich, verkündete das Ende unserer Freundschaft, biss von ihrer Brezel ab und marschierte von dannen. Das war das letzte Mal, dass ich meine Freundin sah."

Frau Korpath seufzte. Ihr Blick ging in die Ferne, als sie weiter sprach. „Ich war darüber sehr unglücklich. Sie wissen vielleicht selbst, wie das ist, wenn man ein Kind ist und von der besten Freundin die Kündigung erhält. Das schmerzt ungemein und fühlt sich so endgültig an. Mein kindlicher Stolz erlaubte mir nicht einzulenken und die Versöhnung mit Maria zu suchen. So hielt ich es drei Tage aus, bis ich rüberging und an die Tür klopfte. Ich wollte Maria bitten, wieder meine Freundin zu sein, doch niemand öffnete. Ich versuchte es am nächsten Tag und am Tag danach noch einmal. Ich erinnere mich, dass plötzlich bei uns die Rede davon war, dass Marias gesamte Familie fortgegangen war. Weil aber das Haus

noch bewohnt aussah – auf dem Esstisch stand noch das Geschirr der letzten Mahlzeit, und die Blumen welkten in ihren Vasen vor sich hin – wurden die Erwachsenen hellhörig. Die Nachbarn stellten einen Suchtrupp zusammen und klapperten die Gegend ab. Sie durchsuchten das Haus und den gesamten Wald vom Hexenberg. Aber sie fanden sie nicht. Ich war untröstlich und gab mir die Schuld an ihrem Verschwinden. Eines Abends belauschte ich meine Eltern, die sich in der Küche mit anderen Nachbarn getroffen hatten und über Marias Familie sprachen. Sie flüsterten nur, doch ich verstand jedes Wort. Von einem alten Fluch war die Rede. Von der Hexe aus dem Wald. Sie nannten sie die *Brezelfrau*."
Johanna hob entsetzt eine Hand vor den Mund, aus dem ein kläglicher Seufzer entwich. Hilde Korpath hatte die Augen geschlossen. Sie sah aus, als wäre sie eingeschlafen. Doch ihr Gesicht verzog sich in schmerzvoller Erinnerung, und sie öffnete ihre Augen wieder und sprach weiter.
„In jener Nacht schlief ich sehr schlecht und erwachte schreiend aus einem bösen Traum. Meine Mutter eilte zu mir ins Zimmer, um mich zu beruhigen, und ich fragte sie, wer die *Brezelfrau* war. Sie blickte mich erschrocken an, doch statt mich zu schelten, weil ich heimlich gelauscht hatte, erzählte sie mir die Geschichte von der *Brezelfrau*. Es ist eine wahre Geschichte, und sie geschah vor nunmehr einhundertfünfzig Jahren. Damals hieß das Stadtviertel noch nicht Hexenberg. Diesen Namen erhielt es erst nach den Ereignissen, von denen mir meine Mutter nun erzählte. Einst soll im

Wald eine Frau gelebt haben. Sie wohnte allein in einer Hütte mit einem großen Backofen, in welchem sie Brezeln backte, um sie auf dem Markt zu verkaufen. Die Leute sagten ihr Hexenkräfte nach, und die Frauen aus dem Ort suchten sie zuweilen auf, wenn sie geheime Wünsche hatten." Hilde Korpath zwinkerte listig. „Sie wollten einen bestimmten Mann für sich gewinnen oder endlich schwanger werden. Diese Art von Wünschen. Irgendwann fingen die unheimlichen Vorkommnisse an. Mehrere Kinder wurden vermisst. Natürlich verdächtigte man schon bald die alte Frau aus dem Wald, die Kinder auf dem Gewissen zu haben. Eines Tages tauchte ein kleines Mädchen in völlig zerrissenen Kleidern am Waldrand wieder auf. Es war seit Tagen verschwunden und sagte, es hätte aus der Hütte der Alten entkommen können. Da rotteten sich die Bewohner zusammen, bewaffneten sich mit Heugabeln, Messern und Fackeln und marschierten gemeinsam zur Hütte. Als sie dort ankamen, stieg aus dem Kamin Rauch auf, und der Geruch nach frischem Braten lag in der Luft. Einer fing an zu schreien, dass die Alte da drin gerade die Kinder briet. In der allgemeinen Stimmung wurde aus dieser Behauptung schnell eine Tatsache, die nicht mehr überprüft werden musste. Der Mob sah rot und zündete die Hütte an. Sie blieben dort und sahen zu, wie die Frau bei lebendigem Leib in ihrer Hütte verbrannte. Es verschwanden fortan keine Kinder mehr. Seitdem heißt die Gegend Hexenberg. Doch der Geist der *Brezelfrau* ist nicht fort; er geht immer noch am

Hexenberg um und sinnt auf Rache. Und von Zeit zu Zeit verschenkt sie ihre Brezeln, um sich neue Opfer zu holen ..."

Frau Korpaths Stimme verlor sich. Eine Weile war das Ticken der Wanduhr das einzige Geräusch im Zimmer. Johanna war zu erschüttert, um etwas zu sagen. Sie hob den Blick und sah die alte Dame an.

„Sie fragen sich jetzt vielleicht, was die Geschichte mit Ihrem Haus zu tun hat, nicht wahr?", sagte Frau Korpath ernst und bot ihr noch eine Tasse Tee an. „Ich will Ihnen auch diesen Teil der Geschichte erzählen. Die Legende von der *Brezelfrau* kennen die meisten alten Einwohner. Sie wurde ihnen genau wie mir seit ihrer Kindheit wieder und wieder erzählt. Aber nur sehr wenige kennen die ganze Wahrheit. Ich kenne sie, weil meine Mutter mir auch den Rest dieser ganzen schrecklichen Geschichte erzählt hat. Und sie kannte sie, weil unsere Familie schon dort gewohnt hatte, als die *Brezelfrau* im Feuer umkam. Ich vermute sogar, dass meine eigenen Großeltern an diesem Verbrechen beteiligt gewesen waren.

Was die meisten Leute nicht wussten: Die *Brezelfrau* hatte einen Sohn. Mit diesem jungen Mann stimmte etwas nicht. Er war ein Kinderschänder. Er war der Mörder der vermissten Kinder. Seine Mutter wusste von seinen Untaten und schützte ihn vor der Entdeckung. Sie unterstützte ihn sogar dabei, indem sie die Kinder mit ihren Brezeln anlockte. In ihrer Hütte im Wald verging sich der Mann an den Kindern und ermordete sie. Anschließend verbrannten sie ihre Leichen im Ofen. Der Sohn der *Brezelfrau* lebte nicht bei ihr im Wald, sondern mitten unter uns, und niemand ahnte etwas; weder dass er ihr Sohn, noch was für ein Monster er war. Einige Tage nach der Nacht des Feuers fand man seine Leiche im Keller seines Hauses. Er hatte sich erhängt und einen Brief hinterlassen, in welchem er sein Geständnis niedergeschrieben hatte. Man untersuchte daraufhin noch einmal die Überreste der abgebrannten Hütte und entdeckte wohl auch Knochen, die von Kindern stammen mochten, aber Sie können sich vorstellen, Kindchen, dass die Leute damals noch nicht die Möglichkeiten hatten, um ein solch scheußliches Verbrechen aufzuklären. Soweit meine Mutter es mir erzählte, war die Polizei auch nie hinzugezogen worden; die Leute hatten den Fall selbst übernommen und mussten so auch keiner Behörde erklären, was mit der alten Frau im Wald geschehen war. Lynchjustiz galt auch damals schon als Schwerverbrechen." Hilde Korpath beugte sich vor und senkte die Stimme. „Können Sie sich denken, welches Haus es war, das von dem Sohn der *Brezelfrau* bewohnt wurde?"

Johannas Teetasse klapperte, als sie sie mit zitternden Händen abstellte. Verzweifelt schüttelte sie den Kopf. Was die alte Dame ihr soeben erzählt hatte, war eine haarsträubende, ganz und gar abscheuliche Geschichte, der sie unmöglich Glauben schenken konnte, wenn sie rational darüber nachdachte. Doch ihr Herz wusste es besser, und ihr Herz raste nun vor Furcht, als sie stockend sagte: „Die Brezelkörbchen ... Sie denken, die kommen ... von *ihr*?"

Frau Korpath lächelte mitleidig. „Sie haben die Gefahr immer noch nicht vollständig erkannt, nicht wahr, Kindchen? Es steckt sehr viel Wahrheit in dieser Legende. Der Geist der *Brezelfrau* existiert. Ich habe ihn zwar nie selbst erblickt, doch ich habe die Brezelkörbchen zwei Mal in meinem Leben zu Gesicht bekommen, und beide Male verschwanden die Empfänger dieser Geschenke kurz darauf unter mysteriösen Umständen. Das Haus am Hexenberg war seit dem Tod des Kindermörders nur zwei Mal bewohnt gewesen: Maria und ihre Familie. Frau Schmidt und ihr Mann. Und jetzt ist das Haus wieder bewohnt ..." Sie beendete den Satz nicht; was sie gesagt hatte, reichte, um Johanna endgültig zu überzeugen. Sie hielt es nicht mehr auf dem Sofa aus. Sie sprang auf und ging im kleinen Wohnzimmer auf und ab.
„Was soll ich nur tun?", fragte sie.
Frau Korpath verfolgte sie mit ihren Augen, deren funkelnde Lebendigkeit in krassem Gegensatz zu ihrem von Falten zerfurchten Gesicht und ihren feinen, schneeweißen Haaren stand.
„Nun", begann sie, „ich kann Ihnen leider keinen zuverlässigen Rat geben, Kindchen. Aber Feuer hat schon einmal geholfen. Vielleicht wird es wieder helfen. Das nächste Körbchen sollten Sie verbrennen."
In diesem Augenblick klingelte Johannas Telefon. Sie zuckte zusammen. Es war Annabelle, die auf Johannas Kinder aufpasste, solange sie bei Hilde Korpath war. Sie war völlig aufgelöst und schluchzte am Telefon so heftig, dass Johanna kein

Wort verstand und sie bitten musste zu wiederholen, was sie gerade gesagt hatte. Sie hörte zu und wurde dabei immer blasser.
„Ich bin unterwegs“, sagte sie und legte auf.
Hastig verabschiedete sie sich von Hilde Korpath, die ihr sorgenvoll nachschaute und Böses ahnte. Am Himmel ballten sich die ersten dunklen Wolken und kündigten ein Unwetter an.

Auf dem Weg zum Haus rief sie Jakob an; wieder erreichte sie nur seinen Anrufbeantworter.
„Bitte, Jakob“, schrie sie in den Hörer, „komm, so schnell du kannst, zum Haus! Die Kinder sind verschwunden! Ich glaube, sie haben von den Brezeln gegessen!“
Annabelle erwartete sie bereits händeringend mit vor Tränen geröteten Augen vor dem Haus. Johanna sprang aus dem Wagen, packte das Mädchen bei den Schultern und schüttelte es.
„Wo sind sie? Wo sind meine Kinder?“
Annabelle war noch immer kaum in der Lage, ein deutliches Wort hervorzubringen, so sehr weinte sie vor Panik und Angst. Die Kinder hatten im Garten gespielt, während Annabelle in der Küche gewesen war. Sie waren hereingekommen und hatten beide Brezeln in den Händen gehalten. *Dürfen wir die essen? Dürfen wir? Bitte?,* hatten sie Annabelle bestürmt, die gar nicht daran gedacht hatte, die Kinder zu fragen, woher sie das Gebäck hatten, bevor sie ihnen erlaubte, es zu essen.
„Es waren doch nur Brezeln!“, schluchzte sie immer wieder. Johanna ließ sie stehen und stürmte durch das Haus nach hinten in den Garten,

wo sie fand, was sie befürchtet hatte: Im Gras vor der offen stehenden Gartenpforte lag ein umgekipptes Körbchen mit einem rot-weiß-karierten Tuch. Es war leer, doch neben dem Körbchen lagen Krümel von Gebäck. Die Krümelspur zog sich in den Wald hinein, wo Johanna sie aus den Augen verlor, so dunkel war es jetzt. Am Himmel grollte es düster.
Annabelle war ihr nachgeschlichen und stand mit hängenden Schultern auf der Terrasse. Johanna ging zu ihr und sagte mit festem Ton: „Du hörst mir jetzt genau zu. Ich gehe in den Wald und suche die Kinder. Jakob ist auf dem Weg hierher. Du wartest auf ihn. Sag ihm, wo ich bin, verstanden?“
Das Mädchen nickte ängstlich. Johanna ließ sie stehen und rannte los.

Annabelle sah Johanna nach, bis sie vom Dunkel des Waldes verschluckt wurde. Sie schlang zitternd die Arme um ihren Körper und ging zurück ins Haus. Behutsam schloss sie die Terrassentür und sperrte die Geräusche des nahenden Unwetters aus. Ruhelos wanderte sie durch das Haus. Sie fühlte sich hilflos und schuldig zugleich.
Auf dem Sofa im Wohnzimmer lag noch das alte Märchenbuch, aus dem sie am Nachmittag Hans und Greta vorgelesen hatte. Sie nahm es in die Hand, blätterte die Seiten um, als hätten sie eine Erklärung dafür, was geschehen war. Sie schloss es wieder, und ihr Blick fiel auf den Einband. Auf dem Buchdeckel war das Lebkuchenhaus aus dem Märchen von Hänsel und Gretel abgebildet. Vor

ihm stand die alte, bucklige Hexe und lockte zwei kleine Kinder mit krummen, krallenartigen Fingern zu sich, während aus dem Ofen hinter ihr bereits die Flammen hervorloderten. Bei diesem Anblick lief ihr eine Gänsehaut über den Rücken, und sie legte es rasch beiseite. Wenn doch nur Jakob endlich auftauchen würde; er wusste bestimmt, was zu tun war.

Annabelle!

Sie sah sich erschrocken um. Jemand hatte ihren Namen gerufen, doch im Haus war es still. Stand Jakob vielleicht vor der Haustür? Es hatte nicht wie eine Männerstimme geklungen; dennoch lief sie zum Eingang, um nachzuschauen. Draußen war niemand zu sehen.

Annabelle!

Sie wirbelte herum. Der Ruf war aus der anderen Richtung gekommen. Von der Küche. Er klang gedämpft, wie von weit her. Ganz sicher war es nicht Jakob gewesen. Die Stimme war viel heller. Und hatte es sich nicht auch angehört, als wären es zwei Stimmen gewesen, die ihren Namen gleichzeitig riefen? Annabelle rannte in die Küche und sah angestrengt aus dem Fenster, durch das sie in den Garten blicken konnte. Doch ihre Hoffnung, Hans und Greta dort zu entdecken, die von ihrem unerlaubten Ausflug zurück waren, erfüllte sich nicht.

Annabelle! Wir sind hier unten!

Nun schrie Annabelle vor Schreck auf. Die Stimmen waren ganz nah. Sie kamen hinter der Kellertür hervor.

„Hans? Greta?“, fragte sie zaghaft und näherte sich

der nur angelehnten Tür. Sie stieß sie ganz auf und blickte angestrengt in die Dunkelheit. Wo war nur der Lichtschalter? Ihre tastenden Hände fanden ihn nicht.
Wir sind hier unten!, erklang es erneut.
„Hans, Greta, seid ihr das? Was macht ihr denn da unten?“, rief Annabelle, hielt sich am Türrahmen fest und beugte sich vor, um besser sehen zu können.
Komm, spiel mit uns!, lockten die Stimmen.
Sie hatte endlich den Lichtschalter gefunden. Eine einzelne, nackte Glühbirne leuchtete auf und tauchte den Raum in ein gespenstisches Licht. Es war niemand zu sehen, und doch hatten die Rufe ganz deutlich von dort unten heraufgeklungen. Annabelle rief erneut nach Hans und Greta, doch sie erhielt keine Antwort. Sie beschloss hinabzusteigen. Und im selben Augenblick, in dem sie einen Fuß hob, um ihn auf die erste Stufe zu stellen, ertönten die Stimmen erneut, doch schwang in ihnen dieses Mal Angst mit.
Pass auf!, riefen sie.
Annabelle hielt inne, verwirrt und mit in Falten gelegter Stirn. Ihre Kopfhaut zog sich zusammen, als ihr sechster Sinn ihr ebenfalls eine Warnung zuflüsterte. Doch die kam zu spät. Etwas stieß sie mit solcher Wucht in den Rücken, dass sie das Gleichgewicht verlor und schreiend die Treppe hinunterstürzte. Dabei überschlug sie sich, und ihr Kopf stieß mit einem knirschenden Geräusch gegen die steinerne Wand, bevor ihr Körper unnatürlich verdreht auf dem Boden liegen blieb. Ihr Gesicht war der offenen Tür zugewandt, die

weit aufgerissenen Augen auf die Gestalt gerichtet, die dort oben stand und auf Annabelle hinabschaute.
(Das ist er, der Herr von diesem Häuschen!)
Annabelle spürte keine Schmerzen. Ihr Geist hatte sich bereits vom Körper gelöst. Das letzte, was sie wahrnahm, war die Silhouette des Mannes dort oben im Türrahmen. Seine Umrisse wirkten seltsam unscharf, als wollten sie sich jeden Moment auflösen.
In ihrer Seele wurde es Nacht.

Johanna!
Die geisterhaften Stimmen schafften es, den Wind und den Regen zu übertönen, die den Wald in ein Inferno verwandelt hatten. Johanna folgte ihnen seit einer ganzen Weile. Die Spur aus Krümeln hatte sich schon bald auf dem Waldboden verloren; die Vögel hatten das meiste davon weggepickt, und der heftige Regen hatte die Reste fortgespült. Doch dann hatte sie die Stimmen gehört. Sie klangen wie Kinderstimmen, sodass Johanna im ersten Moment glaubte, es wären ihre eigenen Kinder, die nach ihr riefen.
(Der Wind, der Wind, das himmlische Kind!)
Sie antwortete ihnen lauthals, bis sie erkannte, dass nicht Hans und Greta es waren, die immer wieder ihren Namen riefen, sondern die Stimmen anderer Kinder. Keine Kinder wie die ihren, lebendig, aus Fleisch und Blut.
Diese Wesen hatten vor langer Zeit gelebt, ihr irdisches Dasein war mit Gewalt und viel zu früh beendet worden. Sie litten noch immer, und nun

wollten sie Johanna helfen, denn wenn sie ihre eigenen Kinder rettete, dann rettete sie auch die verlorenen Seelen der toten Kinder. Sie hatte keine Zeit, darüber nachzudenken. Es fühlte sich richtig an, doch zugleich kam es ihr so vor, als wären die Gedanken nicht ihre eigenen gewesen, sondern ihr von irgendwo zugetragen worden.
Johanna, du musst dich beeilen!
Sie eilte dahin und ignorierte das Stechen in der Seite mit zusammengebissenen Zähnen. Das Märchen kam ihr wieder in den Sinn. Die *Brezelfrau* im Wald. Die verbrannten Kinder. Konnte es sein? Steckte wirklich so viel Wahrheit in der Geschichte?
Sie stolperte über eine Baumwurzel und fiel der Länge nach hin. Schlamm drang in ihren Mund ein, und sie hustete vor Panik. Ihr Körper wollte ihr kaum noch gehorchen, und nur mit letzter Kraft konnte sie sich wieder aufrichten. So kniete sie auf dem vom Regen aufgeweichten Waldboden, Kleidung und Gesicht voller Dreck, Baumnadeln in den Haaren. Es war stockfinster
(und auch so bitter kalt).
Sie blinzelte verdutzt, als sie in nicht allzu weiter Entfernung ein Licht zwischen den Bäumen ausmachte. Erneut glaubte sie, Kinderstimmen zu hören, die ihren Namen riefen. Doch der Sturm wütete so laut zwischen den schwankenden Baumkronen, dass alle anderen Geräusche darin untergingen. Johanna stand auf und brach fast wieder zusammen, als ein stechender Schmerz durch ihren Knöchel jagte. Sie presste die Lippen zusammen und humpelte, so schnell sie konnte,

auf das Licht zu.

Vor dem Haus am Hexenberg stand Jakob und klingelte Sturm. Gleichzeitig hämmerte er an die Tür und rief Johannas Namen. Im Haus brannte Licht, doch niemand öffnete. Wo war sie hin? Er fluchte, weil er in der Eile vergessen hatte, den Ersatzschlüssel einzustecken.
Er blickte sich um. Die Straße lag leer und verlassen da. Die Bewohner hatten sich in ihren warmen, gemütlichen Stuben vor dem Unwetter versteckt. Jakob überlegte nicht lange. Er lief um das Haus herum und suchte nach einer Möglichkeit hineinzugelangen. Er hatte Glück: Das Küchenfenster war gekippt. Er kannte die richtigen Handgriffe, um das Fenster ganz zu öffnen und kletterte hindurch.
Einen Augenblick blieb er ruhig stehen und lauschte. Sein Blick wanderte umher, und von seinem regengetränkten Mantel fielen Tropfen auf die Fliesen und bildeten eine kreisförmige Pfütze. Die einzigen Geräusche waren die des Herbststurms, der das Haus umtoste. Jakob schaute in den Schlafzimmern und in jeder Ecke des Erdgeschosses nach. Es war niemand da. Dennoch konnte er das Gefühl nicht abschütteln, dass er nicht allein war, dass er beobachtet wurde. Zum ersten Mal verstand er, was Johanna meinte, als sie ihm sagte, dass sie sich hier nicht wohl fühlte. Warum nur war ihm das vorher nie aufgefallen?
Im Wohnzimmer nahm er sein Telefon aus der Manteltasche und wählte Johannas Nummer. Kein

Empfang, meldete das Display. Jakob hoffte inständig, dass es nur am Unwetter lag. Im selben Moment schoss ihm durch den Kopf, dass Johanna wahrscheinlich gerade in diesem Augenblick dort draußen war und nach ihren Kindern suchte.
Da fiel ihm das Märchenbuch auf. Es lag aufgeschlagen auf dem kleinen Tisch vor dem Sofa. Jakob griff danach. Das Märchen von Hänsel und Gretel fing auf der Seite an. Er erinnerte sich dunkel an den Kinderreim.
(Hu, hu, da schaut eine alte Hexe raus!)
Plötzlich fiel ihm wieder etwas ein, das die alte Frau Korpath zu ihm gesagt hatte, als er mit ihr über das Haus sprach. Etwas, das er Johanna sagen sollte. Doch er hatte es vergessen.
Jakob!
Er wirbelte erschrocken herum. Die Stimme hatte so nah geklungen, als stünde ihr Besitzer direkt hinter ihm, doch er schaute nur in das von dunklen Schatten erfüllte Zimmer.
„Wer ist da?“, rief er.
Jakob, sie ist hier unten!
Seine Kopfhaut prickelte alarmiert, als er den Kopf langsam zur Kellertür wandte. Von dort war der Ruf gekommen. Eine klare, helle Stimme, die von einem Kind stammen mochte. Doch sie hatte sich seltsam angehört. Als käme sie aus einem Lautsprecher und als wäre der Sprecher
(oder waren es mehrere Sprecher?)
gar nicht körperlich anwesend. Und wen hatte sie gemeint? Wer war dort unten? Etwa Johanna?
Eine weitere Stimme sprach zu ihm. Dieses Mal war es seine innere Stimme, und sie stieß

verzweifelt Warnungen aus. Er sah sich in der Küche nach einer brauchbaren Waffe um und entdeckte Johannas Messerblock. Derart bewaffnet kam er sich fast ein bisschen lächerlich vor, aber nur fast. Alles um ihn herum strahlte Bedrohung aus. Er war sicher, dass sich Johanna und ihre Kinder in großer Gefahr befanden, und irgendwie wusste er, dass es mit dem Keller zu tun hatte.
Er straffte sich und öffnete die Kellertür. Noch bevor er Gelegenheit bekam, nach dem Lichtschalter zu suchen, traf ihn etwas Schweres mit voller Kraft in den Rücken, dass es ihm die Luft aus den Lungen presste. Er ließ das Messer fallen und stürzte mit lautem Gepolter die Treppe hinunter in die Dunkelheit.

Je näher Johanna der Hütte kam, desto mehr richteten sich ihre Nackenhaare auf. Sie blieb stehen und starrte das kleine Gebäude an, das ganz schief war, als duckte es sich vor den Kräften des Windes, die an seinen Seiten zerrten. Die zwei kleinen Fenster rechts und links der Tür waren dürftig mit Brettern vernagelt, zwischen denen das Licht hervorquoll, das Johanna gesehen hatte. Aus dem halb eingefallenen Schornstein stieg Rauch auf. Auch die Tür war mit Brettern abgesperrt; zusätzlich hing ein verrostetes Schloss davor. Die Bretter verdeckten jedoch nicht den Türschmuck, dessen Anblick Johannas Blut in Eis verwandelte. Eine stilisierte Brezel aus Messing war an dem morschen Holz angebracht.
Wenn dort drinnen jemand war, musste er auf anderem Weg hineingelangt sein, überlegte

Johanna fieberhaft. Irgendwer musste doch das Licht angemacht und den Kamin angefeuert haben. Sie umrundete das Häuschen; dabei rief sie die Namen ihrer Kinder.

Es gab keinen anderen Eingang und auch keine anderen Fenster. Gerade als Johanna sich fragte, ob sie sich vielleicht geirrt hatte, ertönten Rufe aus dem Inneren der Hütte, und dieses Mal war sie sich sicher: Hans und Greta riefen nach ihr.

„Mama!“ Ihre Stimmen klangen verzweifelt und angsterfüllt.

Johanna stolperte zurück zur Vorderseite des Häuschens. „Ich bin hier!“, schrie sie aus voller Lunge, um den fauchenden Sturm zu übertönen. Hinter ihr stürzte ein schwerer Ast krachend zu Boden. Er verfehlte sie nur knapp. Sie presste sich an die Wand und spähte durch die Bretter ins Innere. Ihre Kinder waren von hier aus nicht zu sehen, doch sie hörte Gretas lautes Schluchzen, das ihr fast das Herz zerriss. Sie rüttelte wie besessen an dem Schloss, doch es hielt ihren Angriffen stand. Sie sprang zum Fenster und nahm sich die Bretter vor. Ohne ein Werkzeug oder ein anderes Hilfsmittel blieben ihr nur ihre Hände, um sie zu lösen. Sie brach sich mehrere Fingernägel ab, scharfe Splitter drangen in die Fingerkuppen, doch sie ignorierte die Schmerzen und konzentrierte sich auf das Brett. Endlich lockerte es sich, und sie schaffte es, das Brett ganz zu lösen. Sie schleuderte es von sich und schaute durch die jetzt im Fenster klaffende Lücke ins Innere der Hütte. Die Fensterscheibe war noch intakt und starr vor Schmutz, sodass sie alles wie durch einen Schleier

sah, doch sie konnte ihre Kinder entdecken und schrie vor Entsetzen auf, als sie erkannte, dass die beiden in Käfigen fest saßen.
„Ich bin gleich bei euch!“, rief sie und riss unter Aufbietung all ihrer Kräfte auch die anderen Bretter vom Fenster. Mit dem letzten Brett zertrümmerte sie die Scheibe. Sofort wallte ihr die Hitze entgegen, die sich dank des auf vollen Touren laufenden Ofens in der Hütte gebildet hatte. Sie schlug auch die letzten Scherben aus dem Rahmen, damit sie sich hindurchzwängen konnte. Unbeholfen kletterte sie hinein und stürzte auf den Boden. In ihrer Schulter flammte ein solcher Schmerz auf, als hätte ihr jemand den Arm abgerissen. Die Tränen schossen ihr in die Augen, und sie stöhnte gequält auf.
Doch im selben Augenblick erklangen die Stimmen ihrer Kinder; in ihnen schwangen jetzt nicht mehr nur Angst und Verzweiflung mit, sondern auch Hoffnung. Johanna biss die Zähne zusammen und rappelte sich auf. Das Innere der Hütte war eng, und die wenigen Gegenstände waren von einer dichten Staubschicht überzogen. Das Licht, das den Raum erhellte und Johanna aus dem Wald hierher geführt hatte, stammte von mehreren Kerzen, die auf Regalen neben dem Ofen standen und schon weit heruntergebrannt waren. Die Tür des Ofens schien zu glühen; die Hitze, die er ausstrahlte, hatte aus der Luft eine zähe Masse gemacht, die sich kaum atmen ließ. Aus Johannas Poren brach der Schweiß aus, kaum dass sie sich vollständig umgesehen hatte. Sie humpelte zu den nebeneinander stehenden Käfigen, in denen ihre

Kinder eingesperrt waren und ging davor in die Knie.
Hans und Greta streckten ihr ihre Hände entgegen, die zierlich genug waren, um zwischen den Gitterstäben hindurchzupassen. Johanna ergriff sie, und einen Moment weinten sie alle drei und vergaßen, was um sie herum geschah, vor Freude und Erleichterung darüber, einander gefunden zu haben. Doch dann musste Johanna sich der Realität stellen.
„Seid ihr verletzt?“, wollte sie zu allererst wissen. Beide Kinder schüttelten die Köpfe.
„Wer hat euch das angetan?“, fragte Johanna weiter, während sie energisch an den Schlössern der Käfige rüttelte.
„Es war die *Brezelfrau!*“, riefen Hans und Greta wie aus einem Mund.
Johanna war bereits zu erschöpft, um sich von dieser Nachricht überraschen zu lassen. Sie hatte damit gerechnet und musste sich nun auf etwas ganz Anderes konzentrieren.
„Kinder, habt ihr gesehen, wo sie den Schlüssel versteckt hat?“, fragte sie, während sie die Regalbretter untersuchte und hinter uralten Keramikschüsseln umhertastete, doch ihre Finger berührten nur Staub und Dreck. Die zwei Kleinen wussten es nicht. Sie hielten sich an den rostigen Stangen ihrer Gefängnisse fest, pressten die Gesichter an die Stäbe und wimmerten leise. Johanna eilte zu ihnen und streichelte ihnen über die schmutzverkrusteten Hände. „Ich hole euch hier raus, habt keine Angst!“, beruhigte sie sie, auch wenn sie selbst im Augenblick keine Idee

hatte, wie sie das anstellen sollte.
Da entdeckte sie den Schürhaken, der an die Wand neben dem Ofen gelehnt war. Damit könnte es gehen, überlegte sie und ging darauf zu, als sie plötzlich Stimmen zu hören glaubte, die den tosenden Wind draußen übertönten. Sie hielt in ihrer Bewegung inne und lauschte. Da war es schon wieder. Es klang wie die Stimmen von vielen Menschen, und sie kamen näher. Sie riefen irgendetwas, das Johanna nicht verstehen konnte. Vielleicht hatte Jakob einen Suchtrupp zusammengestellt, der jetzt gerade den Wald durchkämmte. Johanna trat zum Fenster und spähte angestrengt nach draußen, doch sie konnte nichts erkennen. Wieder hörte sie die Rufe; wer immer dort draußen war, konnte nicht mehr weit entfernt sein.
Sie holte tief Luft und rief, so laut sie konnte: „Hilfe! Wir sind hier! Bitte helfen Sie uns!"
Es dauerte einen Moment, bis die Antwort kam, und als Johanna sie hörte, waren es nicht die Worte, die sie erwartet hatte.
„Die Hexe ist da drin!", schrie jemand laut.
„Verbrennt sie!", rief ein anderer.
„Ja! Die Hexe soll brennen!", brüllte der nächste, und weitere stimmten ein, bis der Ruf tausendfach durch den Wald schallte und lauter als der Sturm durch Johannas Ohren rauschte. Sie konnte noch immer nichts draußen in der Dunkelheit erkennen; ihr kam es beinahe so vor, als wäre dort auch tatsächlich niemand, aber woher kamen dann die Rufe? Sie klangen so nah, als stünde die Meute direkt vor der Hütte, und sie war erfüllt von

blankem Hass und tiefster Feindseligkeit. Johanna empfand solche Angst wie nie zuvor. Sie stolperte rückwärts, bis sie an den Tisch stieß, gerade rechtzeitig, um dem Ding auszuweichen, das nun durchs Fenster flog, an der hinteren Wand abprallte und auf den Boden fiel.
Sofort stoben von dem Objekt die Funken davon und setzten den Tisch und Teile des Fußbodens in Brand. Es war eine Fackel, die jemand hereingeworfen hatte. Johanna schrie vor Entsetzen auf.
Verbrennt sie! Verbrennt sie!
Die Rufe der unsichtbaren Rachemeute wurden schrill und schriller, doch Johanna nahm nur noch eines wahr: ihre Kinder, die mit großen Augen und weit aufgerissenen Mündern nach ihr riefen und sie anflehten, sie zu befreien. Sie griff nach dem Schürhaken. Dabei gerieten ihre Arme in die Flammen, und sie versengte sich die feinen Härchen auf ihren Unterarmen. Das Feuer breitete sich rasch aus. Schon standen die in Fetzen hängenden Vorhänge am zerstörten Fenster in Flammen. Das Feuer fraß sich in die morschen Holzwände der alten Hütte.
Johanna ließ den Schürhaken mit fieberhafter Verzweiflung immer wieder auf das Schloss von Gretas Käfig niedersausen. Sie schnitt sich in die eigenen Hände und hätte sich den Schürhaken fast selbst ins Bein gerammt, als sie mit voller Wucht am Schloss abrutschte. Das Atmen fiel schwerer und schwerer, Hans und Greta husteten bereits wie verrückt, weil die heiße Luft voller Ruß war. Johanna heulte verzweifelt auf, blinzelte, um die

Tränen aus den Augen zu verbannen und endlich – endlich! – gab das erste Schloss nach, und nur einen Augenblick später war Greta befreit. Was auch immer der Grund war, der Käfig von Hans ließ sich im Gegensatz dazu mit Leichtigkeit aufbrechen.
In dem Inferno aus Flammen und Rauch blieb keine Zeit für Umarmungen. Eine Hälfte der Hütte brannte lichterloh; das Fenster, durch das Johanna eingedrungen war, bestand nur noch aus Flammen. Der Backofen gab bedrohliche Geräusche von sich, und die Tür glühte und sah aus, als würde sie jeden Augenblick aus den Angeln gesprengt werden. Johanna überlegte nicht lange.
„Bleibt hinter mir!“, wies sie ihre Kinder an. Mit dem Schürhaken bewaffnet, machte sie sich daran, das zweite Fenster einzuschlagen und die davor genagelten Bretter zu entfernen.

Wach auf, Jakob, wach auf!
Dunkle Schleier vernebelten ihm die Sicht, und er musste all seine Willenskraft aufbieten, um seine Augen ganz zu öffnen und die Welt um sich herum klar und deutlich wahrzunehmen. Er lag auf dem Rücken im Keller von Johannas Haus. Seine Hüfte schmerzte, doch als er vorsichtig versuchte, seine Gliedmaßen zu bewegen, stellte er erleichtert fest, dass er sich nichts gebrochen hatte.
Wer hatte ihn geweckt? In der Dunkelheit fiel es ihm schwer, sich zu orientieren. Es gelang ihm aufzustehen und die Treppe zu finden. Er wusste, dass es dort einen Lichtschalter geben musste. Als

er diesen gefunden und eingeschaltet hatte, blieb ihm ein Schreckensschrei im Halse stecken, und Übelkeit bahnte sich ihren Weg durch seine Eingeweide.
Annabelle. Es war Annabelle, die dort am Boden lag, merkwürdig verrenkt mit einem Ausdruck aus Staunen und Grauen im Gesicht. Unter dem Kopf hatte sich eine dunkelrote Pfütze aus Blut gebildet. Ihre leblosen Augen schienen ihn direkt anzustarren und ihn vorwurfsvoll zu fragen: Warum?
Er atmete heftig ein und aus und merkte kaum, wie Tränen seine Wangen hinunterliefen. Er wagte es nicht, sich dem toten Körper seiner Nichte zu nähern. Was ging hier vor sich? Raus. Er wollte nur noch raus hier. In dem Augenblick, als er sich der Treppe zuwandte und nach oben flüchten wollte, hörte er es wieder.
Jakob, geh nicht weg!
Er erstarrte und presste seine Augen so fest zusammen, dass es wehtat. Kälte kroch sein Rückgrat hinauf und verwandelte seine Nervenenden in Eisspitzen. Er konnte nicht anders, er musste sich umdrehen; es war wie ein innerer Zwang, als gehorchte sein Körper nicht mehr ihm, sondern dieser flüsternden, kindlichen Stimme aus dem Nichts.
Er drehte sich um, und seine Augen öffneten sich wie von selbst. Er wollte nicht sehen, er wollte nicht hören, dennoch tat er es. Und als er genug gesehen und gehört hatte, brach er zusammen und weinte hemmungslos. Er weinte wie ein Kind, und es waren nicht nur seine Tränen, die er vergoss.

Irgendwann hörte er auf, und als er spürte, dass er wieder die alleinige Kontrolle über seinen Körper hatte, erhob er sich und nickte den schemenhaften Gestalten zu, die ihn umgaben und die ihm all das erzählt hatten, was er erfahren sollte. Er wusste nun, was er tun musste.

Die Hütte brannte lichterloh, doch die Stimmen der Meute, die den Feuertod der Hexe forderten, waren längst verstummt.
Johanna hatte zuerst Greta, dann Hans durch das kleine Fenster hindurch geholfen, bevor sie sich daran machte, selbst hinauszuklettern. Ein Kreischen ertönte plötzlich hinter ihr. Im selben Moment packte etwas ihren Fuß und hielt sie fest, zog sie zurück ins Innere des Häuschens. Johanna schrie entsetzt auf, als sie sich umdrehte und in das zur Fratze verzerrte Gesicht von einem Monster schaute, das einst das Antlitz einer alten Frau gewesen war, einer Frau, die Brezeln buk und ihren geliebten, teuflischen Sohn beschützte. Die *Brezelfrau* fauchte und grub ihre scharfen Krallen tief in Johannas Hose; sie durchschnitten den Stoff mühelos und hinterließen blutige Spuren auf ihren Beinen. Sie konnte nicht hier sein, sie konnte nicht real sein, und doch hielt sie Johanna beharrlich fest, zerrte an ihr und tat ihr weh.
Johanna schrie aus Leibeskräften, schaffte es, einen Fuß aus der Umklammerung zu befreien und trat nach hinten, so hart sie konnte. Sie traf etwas Weiches, Nachgiebiges, und ein grässliches Geräusch erklang, als platzte eine große, reife Frucht, um ihren übel riechenden Inhalt über den

Boden zu ergießen. Johannas Verstand weigerte sich, darüber nachzudenken. Ihre Beine waren frei, mehr war jetzt nicht wichtig. Ohne sich noch einmal umzusehen, kletterte sie durch das schmale Fenster, zwängte sich hindurch und erwartete jeden Augenblick einen weiteren Angriff der *Brezelfrau*, doch niemand hielt sie auf. Fast kopfüber fiel sie auf den schlammigen Boden.

Drinnen erklangen erneut die wahnsinnigen Schreie der *Brezelfrau*. Mehr brauchte Johanna nicht, um in Bewegung zu kommen. Sie packte ihre Kinder an den Händen, Hans links, Greta rechts, und rannte von der Hütte fort. Ein gigantischer Knall ertönte, und Johanna wusste, dass der Ofen explodiert war. Einen Wimpernschlag später riss eine Druckwelle sie alle drei von den Füßen und warf sie auf den Boden.

Sie hörte jemanden schreien und brauchte lange, bis sie erkannte, dass sie selbst es war, die sich die Lunge aus dem Leib schrie. Ihre Kinder wussten nicht, wie sie ihrer Mutter beistehen sollten, konnten nur entsetzt zusehen, wie sie sich unter Qualen auf dem Waldboden hin und herwälzte.

Johanna stand in Flammen. Ihre Jacke brannte, ihre Schuhe fühlten sich an, als glühten sie so wie die Ofentür. Ihre Haare waren angesengt, die Augenbrauen so gut wie nicht mehr vorhanden. Sie wusste nicht, wie viel davon schon bei der Flucht aus der Hütte passiert und was von der Explosion verursacht worden war. Nur dem regengetränkten Waldboden war es zu verdanken, dass sie sich selbst löschen konnte. In einer Pfütze blieb sie liegen, ihr Atem ein schwerfälliges

Rasseln. Rauch stieg aus ihrer angesengten Kleidung auf, und Hans und Greta stürzten sich auf sie, klammerten sich an sie und wimmerten leise vor sich hin.
Johanna schaffte es, einen Arm um ihre Kinder zu legen und sie an sich zu drücken. Ihre Augen brannten noch immer von dem Rauch und tränten so sehr, dass sie kaum etwas sehen konnte. Doch ihren Kindern ging es gut. Sie spürte, dass beide unverletzt und gesund waren. Müde, verängstigt, aber unversehrt und am Leben.
Sie rappelte sich auf und zog sich auf die Beine. Mehrere Male drehte sie sich im Kreis, suchte nach den Leuten, die ihr das angetan hatten, doch es war niemand da. Der Sturm hatte sich gelegt, und eine Decke aus sternengetränkter Dunkelheit hatte sich über dem Wald ausgebreitet. Alles war so friedlich und still, als wäre nie etwas von den Dingen geschehen, die ihr gerade widerfahren waren.
Johanna hielt inne, als sie merkte, dass sich noch etwas verändert hatte. Der feuerrote Schein, die Hitze, das Knistern der lodernden Flammen – wo waren sie hin? Hans und Greta standen neben Johanna, ihre kleinen Hände griffen nach den geschundenen Fingern ihrer Mutter und krallten sich an ihr fest, als sie alle drei hinüberstarrten zu der Stelle, an der die Hütte stand. Hätte stehen sollen. Das Hexenhäuschen war fort. Verschwunden. Es hatte nicht eine Spur hinterlassen. Eine innere Gewissheit sagte Johanna, dass sie selbst bei helllichtem Tageslicht nichts entdecken würde, was bewies, dass hier

einst eine kleine, windschiefe Hütte gestanden hatte, ein Häuschen mit einer Brezel an der Tür, einem großen Ofen im Inneren und einem Monster, das nun verbrannt war
(im Ofen braun wie Brot).
Sie sah an sich herunter. Ihre Kleider stanken nach Rauch, ihre Haare rochen verbrannt, und ihre Haut im Gesicht und an den Händen schmerzte, als hätte sie den schlimmsten Sonnenbrand ihres Lebens erlitten. Also war sie in dem Häuschen gewesen, also hatte sie das alles wirklich erlebt.
Johanna war sich nicht sicher, was das zu bedeuten hatte, doch sie musste die Grübeleien auf später verschieben. Jetzt galt es, ihre Kinder aus dem Wald herauszubringen, in Sicherheit, nach Hause.
„Kommt, Kinder“, sagte sie leise, „gehen wir heim.“
Der Rückweg kam ihr wesentlich kürzer vor. Nicht lange dauerte es, bis sie durch die Baumstämme hindurch die ersten Lichter von Straßenlaternen sehen konnte. Sie hielten direkt darauf zu und stolperten bald auf einen kleinen Spazierweg, der zwischen den Grundstücken hindurch zur Straße führte. Johanna stutzte, als sie das Straßenschild las. Ihr war nicht bewusst gewesen, wie weit sie sich von ihrem Haus entfernt hatte. Die Straße beschrieb an dieser Stelle eine weite Kurve um den Hexenberg. Statt ihr zu folgen, hätten sie durch den Wald gehen können, was der kürzere Weg gewesen wäre, doch Johanna wollte um nichts in der Welt freiwillig dorthin zurück.
Ihre Kinder waren todmüde. Hans gähnte ununterbrochen, und Greta fielen die Augen fast

zu. Johanna hob das Mädchen hoch, drückte es an sich und nahm Hans an ihre freie Hand.

„Ein Stückchen noch“, ermunterte sie den Jungen. „Wir haben es fast geschafft.“

Sie schleppten sich weiter. Der Nachtwind war kühl und tat gut auf Johannas Haut. Sie sehnte sich nach einer Dusche, doch fürchtete sie sich vor dem Blick in den Spiegel. Wie schlimm es wohl war? Vielleicht musste sie noch heute Nacht zum Arzt. Sie hoffte, dass Jakob da sein würde, wenn sie am Haus ankamen.

Sie war so tief in ihren Gedankengängen versunken, dass sie die Sirenengeräusche erst bemerkte, als Hans an ihrem Ärmel zupfte und fragte, ob das die Feuerwehr sei. Johanna schaute auf, und als sie in die Richtung blickte, in der ihr Haus lag und den rötlichen Schein am Himmel bemerkte, setzte ihr Herz für einen Moment aus. Sie kam ins Stolpern und ließ Greta beinahe fallen. Die Sirenen waren jetzt ganz nah und sehr laut. Johanna musste es nicht mit eigenen Augen sehen, um zu wissen, was geschehen war. Es war ihr Haus. Es war das alte Haus des Sohnes der *Brezelfrau*, das lichterloh in Flammen stand.

Johanna weckte Greta, die auf ihrem Arm eingeschlafen war, ließ sie herunter, nahm abermals beide Kinder an den Händen und zog sie hinter sich her, so schnell sie nur konnte.

Das Haus war ein einziges Inferno, eine offene Wunde im Herzen des Hexenberg-Viertels, die pochte und ihr brennendes Blut ausspie. Es brüllte und grollte, und Johanna fühlte die Wut beinahe körperlich, die von dem sterbenden Gebäude

ausging. Beim Anblick seines Untergangs spürte Johanna so deutlich wie nie zuvor, dass dieses Haus eine Seele besaß, dunkel und vergiftet.
Zwei Feuerwehrfahrzeuge standen vor dem Grundstück, Feuerwehrmänner rannten herum, schrieen einander Kommandos zu und hielten Schläuche auf die Fenster im oberen Stockwerk. Das Wasser schoss mit so großem Druck heraus, dass es Löcher in das alte Mauerwerk um die Fensterrahmen riss. Blaulicht, rauchgeschwängerte Luft und überall Menschen in Nachthemden, Morgenmänteln und Hausschuhen, die von dem Spektakel angelockt worden waren und mit eigenen Augen sehen wollten, was gerade in ihrer Nachbarschaft passierte.
Eine Frau kam auf Johanna zu. Sie blickte sie erschüttert von oben bis unten an. Johanna erkannte sie wieder als die Nachbarin, die davor gewarnt hatte, von den Brezeln zu essen. Eine Ewigkeit schien das her zu sein.
„Oh Gott“, rief sie und schlug die Hände vor den Mund. „Waren Sie in dem Haus? Sie sind verletzt, Sie brauchen einen Arzt! Und die Kinder? Geht es euch gut, Kinder?“
Bevor Johanna reagieren konnte, packte die Frau sie an den Schultern und führte sie zu einem Krankenwagen, der hinter den Feuerwehrfahrzeugen geparkt war und dessen hintere Türen offen standen. Hans und Greta trippelten hinter ihrer Mutter her. Lauthals rief die Nachbarin nach einem Sanitäter und verkündete, dass sie gerade die Bewohner des Hauses gefunden hätte. Hälse verrenkten sich nach ihnen,

Augenpaare richteten ihren Blick auf sie, und für einen schrecklichen Moment befürchtete Johanna, sie würden gleichzeitig anfangen zu rufen:
Hexe! Hexe! Verbrennt sie!
Doch nichts dergleichen geschah. Zwei Sanitäter stürzten auf sie zu. Die Frau führte die Kinder von ihr weg, legte ihnen Decken um die zitternden Schultern, ihr Kollege kümmerte sich um Johanna. Er bat sie, im Krankenwagen Platz zu nehmen und auf sie zu warten, bis er noch eine Decke für sie besorgt hatte. Johanna setzte sich auf den Boden des Wageninneren und starrte in die Flammen, die gerade alles auffraßen, was sie je besessen hatte. Erst da nahm sie die in dunkle Decken gehüllte Gestalt wahr, die auf dem Bordstein kauerte, den glasigen Blick auf das Haus gerichtet.
„Jakob?", fragte sie heiser und bekam einen Hustenanfall.
Er hob seinen Blick und schaute zu ihr auf. Es dauerte einen Augenblick, bis er erkannte, dass er Johanna vor sich hatte.
Er stand ruckartig auf; dabei rutschte die Decke von ihm herunter und gab seinen erbarmungswürdigen Zustand preis. Seine Hände waren mit Bandagen verbunden, seine Haare schienen ihm büschelweise ausgefallen zu sein, und die verbliebenen Strähnen waren schlohweiß. Von seinen ehemals braunen, dichten Locken war nichts mehr zu sehen. Seine Kleider waren von Brandflecken übersät, und sein linker Arm steckte in einer Schlinge. Vorsichtig humpelte er auf Johanna zu, die sich ebenfalls erhob. Sie blieben voreinander stehen, berührten sich vorsichtig in

ihren Gesichtern, streichelten behutsam über ihre Köpfe, als wollten sie nicht noch mehr Schaden anrichten. Erst dann umarmten sie sich, und Johanna konnte das Schluchzen nicht länger zurückhalten. Es schüttelte sie so sehr, dass sie froh und dankbar war, dass Jakob da war und sie fest in seinem gesunden Arm hielt.

Jakob schob sie ein Stück von sich weg und blickte suchend in alle Richtungen.

„Hans … Greta …“, begann er.

„Sind in Sicherheit“, beruhigte Johanna ihn und zeigte neben den Krankenwagen, wo die beiden gerade von der Sanitäterin mit Tee versorgt wurden. Jakob entspannte sich und sah wieder Johanna an.

„Das sind Brandwunden“, sagte er und runzelte die Stirn. „Du warst nicht im Haus. Wie …?“

„Ich habe die Kinder gerettet“, erwiderte sie schlicht und wunderte sich, wie selbstverständlich sich diese Worte aus ihrem Mund anhörten. „Ich habe es dir doch gesagt. Die *Brezelfrau* hatte versucht, sie mir zu nehmen.“

Jakob nickte stumm. Er musste nichts sagen. Johanna wusste es längst. Sie wusste, dass er das Haus in Brand gesetzt hatte. Doch sie verstand es noch nicht ganz.

„Jakob“, flüsterte sie an seinem Ohr. „Was hast du getan?“

„Ich musste es tun. Die toten Kinder haben es mir erklärt. Sie haben mir alles erzählt. Ich musste es zu Ende bringen, sonst wäre sie immer wieder gekommen. Sie und ihr Sohn.“

Ja, dachte Johanna, so musste es wohl enden. Sie

erinnerte sich an die Worte der alten Hilde Korpath. Feuer hatte schon einmal geholfen. Feuer hatte es zu Ende gebracht.
Ein Mann in vollgerußter Feuerwehruniform kam auf sie zu. In der Hand hielt er etwas.
„Das konnten wir aus den Flammen retten“, sagte er und hielt es Johanna hin. „Ich dachte, Sie wollen das vielleicht behalten.“ Er deutete mit einem Kopfnicken auf Hans und Greta, die schon wieder lachen konnten und mit der Sanitäterin Späße trieben. „Für die Kinder.“
Johannas Gesicht verlor alle Farbe, als sie die Illustration auf dem Buchtitel erkannte, die bucklige Hexe, die Geschwister Hänsel und Gretel, das mit Pfefferkuchen geschmückte Häuschen dahinter und der Ofen, aus dem schon die Flammen hungrig leckten. Das Buch sah makellos aus, alt zwar und mit Knicken und ein paar Eselsohren, doch ohne auch nur die geringste Spur des Feuers, dem es gerade entrissen worden war. Von allen Dingen, die sich in dem Haus befunden hatten, wieso musste ausgerechnet dieses verfluchte Märchenbuch überleben? Johanna schüttelte kraftlos den Kopf, selbst ein „Nein“ war jetzt zu viel für sie. Jakob übernahm das und drückte den ausgestreckten Arm des Feuerwehrmannes sanft, aber bestimmt zurück.
„Nein, das brauchen wir nicht mehr. Werfen Sie es einfach zurück in die Flammen.“
Der Mann wollte protestieren, doch die beiden wandten sich ab und gingen zu Johannas Kindern, ohne ihn weiter zu beachten.
Jakob führte sie zu seinem Wagen. Die

Armschlinge nahm er ab; die Schmerzen waren erträglich genug, dass er fahren konnte. Hans und Greta machten es sich auf der Rückbank bequem und waren eingeschlafen, kaum dass Jakob das Auto um die Ecke gelenkt hatte. Johanna und die Kinder würden nun bei ihm wohnen. Sie kehrten nie mehr zum Haus am Hexenberg zurück.

Der Feuerwehrmann warf das Buch nicht wieder in die Flammen. Es sah sehr alt aus und war sicher einiges wert. Wenn seine ursprünglichen Besitzer es nicht mehr haben wollten, hatte bestimmt niemand etwas dagegen, wenn er es behielt. Auf dem Heimweg blätterte er behutsam durch die bunt bemalten Seiten, und immer wieder blieb sein Blick am Titelbild mit dem Märchen von Hänsel und Gretel hängen. Seine eigene Tochter fiel ihm ein. Sie war fünf Jahre alt und liebte es, auf seinem Schoß zu sitzen und sich von ihm Geschichten erzählen zu lassen. Die Kleine würde begeistert sein von dem Märchenbuch. Er konnte es kaum erwarten, ihr daraus vorzulesen.

Das Schlafende Schloss

Von dem ehemals stolzen, prächtigen Königreich der Rosen war nicht viel übrig. Es schien keine Farben mehr zu geben, abgesehen von Grau in allen Schattierungen und einem hässlichen Schlammbraun, dessen moderiger Geruch sich über die Landschaft legte wie ein alter, von Schimmelpilz befallener Teppich. Die Trostlosigkeit drückte aufs Gemüt und ließ die kleine Gruppe von Reisenden, die seit ein paar Tagen im Land unterwegs war, mit gebeugtem Kreuz, müden Augen und schweren Beinen auf den Hof des Gasthauses schlurfen. Lediglich der Blick auf das rostige Schild über dem Eingang, das den Namen der Herberge preisgab, entfachte das schon fast erloschene Feuer in ihren Herzen auf ein Neues.

„Seht ihr?“, rief Alberic den anderen zu und zeigte nach oben. *„Zum Schlafenden Schloss.* Wir sind da!“

Er stieß die Eingangstür zum Schankraum auf und ließ seine vier Gefährten passieren, bevor er selbst eintrat. Ein paar brennende Kerzen beleuchteten grob gezimmerte Tische, Bänke und Schemel, auf denen niemand saß. Es roch nach Essen, kaltem Rauch und nach dem Pferdestall, der gleich nebenan lag. Im Kamin kämpfte ein schwaches Feuer ums Überleben.

Fridenand und Herwin gingen auf den Tresen zu. Ersterer rief lauthals nach dem Wirt. Alberics älterer Bruder Radolf kümmerte sich um das Feuer und legte die letzten zwei Scheite nach, die er neben dem Kamin fand. Gerwulf, sein jüngerer Bruder, streckte sich und stöhnte dabei wie ein alter Esel. Alberic grinste, doch auch er war müde und hoffte, dass die Betten in diesem Haus einigermaßen sauber und frei von Ungeziefer waren.

Als er seinen Rucksack auf eine Bank fallen ließ und sich umsah, merkte er, dass sie nicht allein waren. Aus einer Ecke heraus funkelten ihn neugierige Augen an, und Pfeifenrauch stieg in dünnen, schlängelnden Bahnen auf. Die Gestalt, die dort saß, beugte sich vor, sodass ihr faltiges Gesicht von der winzigen Funzel auf dem Tisch erhellt wurde. Es gehörte zu einem uralten Mann, dessen schlohweiße Haare unter einer Kapuze hervorlugten.

„Guten Abend“, sprach Alberic den Alten an. „Bist du der Herr dieses Hauses?“

„Nein, der bin ich!“, ertönte eine Stimme vom Eingang.

Alberic und seine Gefährten fuhren herum und sahen den hageren Mann an, der mit einer fleckigen Schürze bekleidet war und einen Haufen frischer Holzscheite trug. Der Unbekannte ging gemächlich an ihnen vorbei, stapelte das Holz sorgfältig neben dem Kamin und richtete sich wieder auf. Auf seiner Brust glänzte ein metallenes, mit schwarzen Steinen besetztes Amulett, das an einem Lederband um seinen Hals hing. Er grinste freundlich, breitete seine Arme aus und verkündete: „Herzlich willkommen im

Gasthaus *Zum Schlafenden Schloss*, Freunde! Ich bin Ioan. Ihr seht hungrig aus. Nehmt Platz, das Essen ist gleich fertig."

Das ließen sich die Wanderer nicht zweimal sagen. Sie nahmen den Tisch am Feuer in Beschlag. Ioan brachte ihnen Becher und einen großen Krug mit Bier. Einen weiteren frisch gefüllten Becher stellte er dem Alten in der Ecke hin. Er klopfte ihm sanft auf die Schulter und murmelte etwas, das den Greis lächeln ließ.

Als wenig später auch das Essen auf dem Tisch stand und alle hungrig den dampfend heißen Eintopf in sich hineinschaufelten, setzte sich Ioan zu ihnen.

„Erzählt mal", forderte er sie auf. „Was führt euch in diese von allen Göttern verlassene Gegend?"

Radolf, stets misstrauisch, warf Alberic einen warnenden Blick zu, doch bevor er die Chance hatte, etwas zu sagen, platzte Gerwulf dazwischen.

„Wir kommen von weit her", sprudelte es aus dem jungen Mann heraus. „Wir sind auf der Suche nach einem Ort, von dem uns Reisende aus eurem Reich erzählt haben. Sie sprachen von unermesslichen Schätzen, die in einem verlassenen Schloss verborgen sein sollen."

Alberic hielt die Luft an, und Radolf trat seinem vorlauten Bruder unterm Tisch gegen das Bein. Ioan lehnte sich zurück und verschränkte die Arme. Ihm war anzusehen, dass er genau wusste, wovon sein Gast sprach. ‚Aber natürlich, dachte Alberic. Nicht ohne Grund war Ioan der Besitzer des Gasthauses *Zum Schlafenden Schloss*.

„Das ist es also?", fragte Ioan. Alle Freundlichkeit

war aus seinem Gesicht gewichen und hatte einem unheilvollen Blick Platz gemacht. „Ihr habt vor, in das Schlafende Schloss einzudringen?“
Die fünf Männer nickten.
„In unserer Heimat gibt es nichts mehr zu holen“, versuchte Alberic zu erklären. „Den Menschen geht es schlecht. Alle leiden Hunger, es gibt nicht genug Arbeit. Die ständigen Feldzüge unserer Herren haben alles kaputt gemacht. Deshalb sind wir hier. Um den Schatz zu finden und etwas davon mitzunehmen, damit wir endlich ein besseres Leben führen können.“
„Nun, meine Freunde“, sagte Ioan, „ihr seid ganz nah dran, denn das Schloss steht gleich hinter diesem Wald, nicht einmal einen halben Tagesmarsch entfernt.“ Er zeigte nach draußen und lächelte düster, als er weitersprach. „Haben euch die Reisenden auch erzählt, warum das Schloss diesen Namen trägt? Haben sie erwähnt, warum der Schatz nicht längst gehoben und fortgeschafft worden ist?“
Eine Gänsehaut wanderte Alberics Arme hinauf, den Hals entlang und den Rücken wieder herunter. Auch seine Gefährten rutschten unruhig auf den Stühlen hin und her. Gerwulf räusperte sich und sagte: „Tatsächlich haben wir uns das auch schon gefragt. Aber es hieß nur, der Schatz sei sehr gut bewacht. Alle Eingänge sollen verschlossen sein, und niemandem sei es bisher gelungen, sich Zugang zu verschaffen.“
„Ganz richtig“, bestätigte Ioan. „Das haben schon viele versucht, und sie sind alle gescheitert. Und ihr glaubt also, ihr kommt an allen Hindernissen

vorbei, wie? Wenn es so einfach wäre, denkt ihr, ich hätte es nicht schon längst selbst versucht?“
Die fünf Männer blickten einander unsicher an und zuckten mit den Schultern. Der Wirt füllte den Bierkrug nach und nahm wieder Platz. Er berührte sein Amulett andächtig und sah sie alle der Reihe nach an.
„Ich werde euch eine Geschichte erzählen. Sie ist wahr, auch wenn sie sich in euren Ohren unglaublich anhören mag. Danach könnt ihr immer noch entscheiden, ob ihr es wirklich wagen wollt.“
Er machte eine Pause. Seine Gäste schwiegen in gespannter Erwartung. Selbst der alte Mann in der Ecke schien darauf zu warten, dass Ioan mit der Geschichte begann.
„Einst war das Königreich der Rosen ein mächtiger, blühender Ort. Die Leute führten ein friedliches Leben, und alle liebten Heimerich, ihren König, und dessen Frau, die holde Uota. Als sie eine Tochter zur Welt brachte, freuten sich alle, und es wurde drei Tage und drei Nächte lang gefeiert. Die kleine Prinzessin Odila wuchs zu einem sagenhaft hübschen Mädchen heran. Es war eine Zeit des Friedens und des Glücks.
Doch dann suchte ein großes Unheil das Land heim. Es begann unbemerkt am fünfzehnten Geburtstag der Prinzessin, der mit einem großen Fest auf dem Schloss gefeiert wurde. König Heimerich hatte eine Gauklertruppe eingeladen, die die Gäste mit Kunststückchen, Musik und Zaubertricks unterhalten sollte. Unter all den Dingen, die sie mitgebracht hatten, befand sich auch ein Käfig mit einer Ratte. Diese Ratte hatte

pechschwarzes Fell und goldene Augen. Odila war fasziniert von dem Tier und wollte es auf den Arm nehmen. Doch die Gaukler erlaubten es nicht. Dass ihr ein Wunsch verwehrt blieb, noch dazu an ihrem Geburtstag, passte der Prinzessin überhaupt nicht. Als der junge Mann, der auf die Ratte aufpassen sollte, einen Moment lang unachtsam war, öffnete Odila den Käfig und nahm das Tier heraus. Da biss es sie in die Hand, worauf die Prinzessin die Ratte auf den Boden schleuderte und zertrat.
Als die Gaukler das sahen, gerieten sie außer sich. Unter ihnen befand sich eine alte Frau, die der Zauberei mächtig war. Sie beherrschte die Kunst, wie man Menschen und Tiere verflucht und böse Geister bannt. Im Körper der Ratte hatte sie einen besonders schrecklichen Dämon gefangen gehalten. Doch nun war das Tier tot und der Dämon frei. Die alte Frau wusste, dass er sich die nächstbeste Seele suchen würde, und weil er das Blut der Prinzessin geschmeckt hatte, war sie es, in deren Körper er fuhr.
Keiner bemerkte etwas davon. Nur die Gaukler wussten, was passiert war, und suchten schleunigst das Weite. Niemand hielt sie auf – im Gegenteil. Der König war rasend vor Wut, weil seine Tochter sich verletzt hatte, und hetzte die Wachen auf die Gauklertruppe, um sie fortzujagen.
Vor den Toren des Schlosses hielt die alte Frau an und drehte sich um. Der junge Gaukler, der auf die Ratte hatte aufpassen sollen, blieb bei ihr und half ihr bei dem Ritual, das sie durchführte. Er fragte sie, ob sie den Bewohnern des Schlosses helfen

würde. Doch sie schüttelte traurig den Kopf und sagte:
‚Wir können nichts mehr für sie tun, aber wir können dafür sorgen, dass es sich nicht ausbreitet.
Als sie fertig waren, verließen sie den nun verfluchten Ort, und eine tiefe Traurigkeit erfasste ihre Herzen, die nicht mehr nachlassen wollte, egal wie weit sie sich vom Schloss entfernten.
Aber hinter ihnen, entlang der Schlossmauern, stießen die ersten zarten Keime einer neuen Pflanze durch den Erdboden. Sie reckten ihre hellgrünen Ärmchen der trüben Sonne entgegen und begannen, unbeachtet von den Menschen, sich wie ein großer Ring um das gesamte Schloss auszubreiten.
Mit der Prinzessin fing es an. Einige Tage nach ihrem Geburtstag fiel Odila in einen so tiefen, festen Schlaf, dass man schon annahm, sie sei tot. Doch sie war warm, ihre Haut blieb rosig, und wenn man genau hinsah, erkannte man, wie ihr Brustkorb sich hob und senkte. Niemand und nichts konnte sie wecken. Man bettete sie in ihr Gemach in einem der Türme, und ihre Kammerzofe und Königin Uota wichen nicht mehr von ihrer Seite.
Das nächste Opfer war die Zofe. Uota fand sie eines Tages bewusstlos zu Füßen des Bettes der Prinzessin. Als auch die Königin selbst in den tiefen Schlaf fiel, begannen die Schlossbewohner von einer rätselhaften Krankheit zu sprechen. Hilflos sahen sie mit an, wie weitere Bedienstete des Schlosses erkrankten. Den Koch erwischte es bei der Arbeit, als er gerade den Küchenjungen

zusammenstauchte und kurz davor war, ihn zu verprügeln. Doch noch während er die Hand hob, erstarrten seine Gesichtszüge, er sackte in sich zusammen und blieb liegen.
Schnell machten Gerüchte die Runde. Sie nannten es den Schlaf der Toten. Die Bauern und Hoflieferanten blieben dem Schloss fern. König Heimerich befahl seinen Soldaten, niemanden mehr hinein- oder herauszulassen. Wenn ihr mich fragt", Ioan machte eine Pause und trank einen großen Schluck Bier, „war das die einzige weise Entscheidung, die überhaupt irgendjemand in jenen Tagen traf.
Die Eingeschlossenen protestierten gegen die Ausgehsperre, Panik machte sich breit. Es kam zu tumultartigen Szenen am Haupttor, als eine Horde verzweifelter Edelleute mit ihren Familien versuchte, durch die Reihen der Wachen zu brechen und zu fliehen. Sie hatten sich mit Waffen und allem Hab und Gut, das sie tragen konnten, ausgerüstet und schlugen blind um sich. Es gab ein regelrechtes Blutbad. Aber nicht alle starben in den Wirren dieses Kampfes. Einige wurden an Ort und Stelle von der geheimnisvollen Schlafkrankheit befallen und sanken zu Boden.
Es machte vor niemandem Halt. Weder Alt noch Jung, weder Mann noch Frau, weder Herr noch Diener, weder Mensch noch Tier – alle fielen in den Schlaf der Toten, aus dem keiner mehr aufwachte.
Derweil wuchs der Ring aus den jungen Pflanzen weiter, wurde dichter und bildete winzige, messerscharfe Dornen an den Zweigen. Auch der

Eingang zur königlichen Burg wurde überwuchert, weil niemand mehr über den Weg lief und sie niedertrampelte. Die Ranken bildeten eine undurchdringliche Dornenhecke um das gesamte Schloss. Sie krochen an den Mauern empor und umschlossen Zinnen und Türme, versiegelten Fenster, Türen und Tore und sperrten alles aus, selbst das Licht.
Der letzte wache Bewohner des Schlafenden Schlosses war der König selbst. Er saß zusammengesunken auf dem Thron und hielt auf dem Schoß seine Frau fest. Immer wieder strich er über Uotas Haar, bedeckte ihr Gesicht mit Küssen, flüsterte in ihr Ohr, flehte sie an, schrie sie an, sie solle aufwachen, doch nichts half, und seine Schreie verhallten ungehört in den verwaisten Korridoren. Heimerich vernahm nicht mehr das Geräusch von zerberstendem Glas, als sich die erste Dornenranke durch eines der Fenster im Thronsaal schob, denn auch er war zu guter Letzt eingeschlafen.
Das alles geschah vor nunmehr einhundert Jahren. Die Kunde von dem verwunschenen Königsschloss sprach sich rasch herum. Die Menschen hatten Angst. Angst vor dem schrecklichen Geheimnis, das sich hinter den Dornenranken verbarg. Angst vor den harten Zeiten, die unweigerlich anbrechen würden, nun, da das Reich keinen König mehr hatte.
Es dauerte nicht lange, da marschierten die benachbarten Herrscher fast gleichzeitig in das Land ein und beanspruchten es für sich. Ein Krieg brach aus, wie ihn das Königreich der Rosen noch

nicht erlebt hatte. Er währte Jahrzehnte und kostete die Menschen ihre Kraft und das Land seine Schönheit und seinen Reichtum. Wälder wurden gerodet, Felder wurden vom Blut der Gefallenen getränkt, die Ernten fielen aus, und das Wasser in den Brunnen verdarb. Die Menschen litten unter Hunger und Krankheiten. Wer konnte, der floh. Nur wenige blieben und versuchten, ein letztes bisschen Würde aufrechtzuerhalten. So wie mein Großvater Rasvan und ich hier in diesem Gasthof."
Ioan seufzte, ließ das Amulett los, ergriff sein Bier und prostete dem Alten in der Ecke feierlich zu. Seine Gäste starrten ihn mit großen Augen an und warteten darauf, dass er weitersprach. Alberics Herz hämmerte vor Aufregung.
„Woher weißt du das alles so genau?", fragte Radolf mit zusammengekniffenen Augen. „Wie viel davon ist wahr, wie viel hast du dir ausgedacht, um uns Angst einzujagen?"
„Angst?", entgegnete Ioan. „Ich befürchte, ich kann euch nicht genug Angst einjagen, um euch davon abzuhalten, oder? Ich könnte euch von den glücklosen Schatzsuchern berichten, denen es nicht gelang, auch nur eine kleine Bresche ins Dornengestrüpp zu schlagen. Ich könnte euch davon erzählen, dass sie alle in den dornigen Ästen und Zweigen hängen blieben, dass sie erstickten, aufgespießt oder regelrecht zerquetscht wurden von den mächtigen Ranken, die sich sofort wieder schlossen. Ich könnte euch von den Legenden erzählen, die sich um das Schlafende Schloss ranken wie die Dornengewächse um seine

Mauern. Davon, dass man sagt, die Bewohner seien noch immer alle da, dass sie alle noch am Leben seien, dass ihre Körper wie leere Hüllen dort liegen sollen, gefangen in ewigem Schlaf, während ihre Seelen auf ruheloser Wanderschaft durch die Hallen und Flure irren und nach Erlösung suchen. Aber dennoch weiß ich, dass ihr gleich morgen früh nach Sonnenaufgang losziehen werdet. Ich sehe es in euren Augen. Ihr seid genauso verzweifelt und dickköpfig wie all jene Glücksritter vor euch."

Ioan stieß einen tiefen Seufzer aus. Er stand auf und räumte die leeren Schüsseln ab. Als er zurückkam, brachte er einen neuen Krug Bier mit.

„Bitte, bedient euch", lud er sie ein. „Das geht auf mich. Oben findet ihr zwei Schlafräume, da sollte genug Platz für euch sein. Um eines bitte ich euch: Lasst euch euer Vorhaben noch einmal durch den Kopf gehen. Und nun wünsche ich eine gute Nacht."

Er drehte sich zu seinem Großvater um und forderte ihn auf mitzukommen, doch der winkte ab und zeigte auf seinen Becher. Ioan lächelte milde und wartete geduldig, bis der Alte sein Bier ausgetrunken hatte. Rasvan erhob sich und watschelte schwerfällig auf den Tisch von Alberic und seinen Männern zu. Seine Augen funkelten in jugendlichem Eifer, als er sein fast zahnloses Grinsen in die Runde warf. Dann sprach er zum ersten Mal mit seltsam hoher, krächzender Stimme: „Im Schlafenden Schloss werdet ihr keine Schätze finden, nur euer Verderben. Ihr werdet schon sehen!"

Ioan ergriff Rasvans Arm und zog ihn sanft mit sich. „Komm schon, Großvater, die jungen Herren haben genug gehört."
Sie verließen die Gaststube.
Eine Weile starrten die fünf Männer stumm hinter ihnen her, bis Fridenand das Schweigen brach. „Ob sie immer noch so hübsch ist?"
Die anderen sahen ihn fragend an. „Die Prinzessin", erklärte Fridenand. „Wenn sie immer noch da oben in ihrem Bett liegt und so frisch aussieht wie damals ..." Er führte seinen Gedanken nicht aus, doch seine Freunde verdrehten die Augen, denn sie wussten genau, was er meinte. Es gab nur eine Sache, auf die Fridenand noch schärfer war als auf Gold und Edelsteine. Er kicherte und sagte: „Stellt euch nur vor, ich und die Prinzessin. Sie hätte sicher nichts dagegen. Und vielleicht würde ich sie sogar aus ihrem Zauberschlaf erlösen!"
Fridenand lachte dreckig, doch die anderen stimmten nicht ein.
„Wenn ihr mich fragt", wechselte er rasch das Thema, „hat der Kerl uns für dumm verkaufen wollen. Erzählt uns solche albernen Ammenmärchen und denkt, er würde uns damit einen Schrecken einjagen."
„Aber wenn es wahr ist?", fragte Herwin. Er war ein einfältiger Mensch, den man mit derlei Geschichten leicht beeindrucken konnte.
„Was dann?", entgegnete Fridenand gereizt. „Kneifst du etwa, weil man dich glauben lassen will, dass in dem alten Schloss ein Dämon haust? Mach nur, aber von der Beute kriegst du nichts

ab!“
„Fridenand, lass ihn“, sagte Alberic leise. Insgeheim teilte er Herwins Bedenken. Sein Bruder Gerwulf ergriff den Bierkrug und füllte die fünf Trinkgefäße. Er erhob seinen Becher und sagte: „Freunde, vergesst den unheimlichen Kram, den Ioan uns da aufgetischt hat. Lasst uns anstoßen! Darauf, dass wir unser Ziel fast erreicht haben. Darauf, dass wir vielleicht schon morgen Abend als reiche Männer wieder hier sitzen. Auf ein besseres Leben!“
„Auf ein besseres Leben!“, stimmten die anderen ein. Alberic schmunzelte über seinen jüngsten Bruder. Gerwulf war schon immer der Schlauste von ihnen gewesen und konnte am besten mit Worten umgehen. Und Radolf? Sein älterer Bruder war stets derjenige gewesen, der überall Gefahr sah und jedem freundlichen Wort eines Fremden mit Misstrauen begegnete. Was dachte Radolf jetzt gerade? Schenkte auch er den Worten des Wirtes und dessen verrückten Großvaters Glauben?
Auf einmal spürte Alberic wieder die Müdigkeit in allen Knochen. Das Bier war gut, aber stark. Es machte das Denken schwer. Er trank den letzten Schluck und schaffte es kaum noch, den Arm zu heben und sich damit den Mund abzuwischen. Es wurde höchste Zeit, nach oben zu gehen und sich schlafen zu legen. Aber so weit kam in dieser Nacht keiner von ihnen.

Alberic erwachte mit dem untrüglichen Gefühl, dass etwas nicht stimmte. Sein Blick klärte sich allmählich, und er konnte seine Umgebung besser erkennen. In dem spärlichen Licht nahm er ein Dickicht aus ineinander verwobenen Pflanzen voller Dornen und fleischiger Blätter direkt über ihm wahr. Alberic war plötzlich hellwach. Mit einem Satz war er auf den Beinen, tastete an seine Seite und stellte erleichtert fest, dass er seinen Jagddolch noch besaß.

Er nahm die Waffe in die Hand und sah sich um. Wo war er? Wo waren die anderen? Er befand sich in einem großen Burghof. Direkt vor ihm lag das Tor. Aber es war nicht mit schweren, eisenbeschlagenen Torflügeln verschlossen, sondern vollständig mit dem dornigen Gestrüpp ausgefüllt. Wie es aussah, hatten die Pflanzen das Tor einfach gesprengt, denn Alberic konnte Reste davon am Boden ausmachen.

Mehr brauchte Alberic nicht, um zu wissen, wo er sich befand. Das hier war das Schlafende Schloss, und er war darin eingeschlossen.

Als wäre der Anblick der merkwürdigen Pflanzenwelt nicht schon erschreckend genug, erkannte Alberic zu seinem Entsetzen menschliche Gestalten, die überall auf dem Hof verstreut lagen. Er kämpfte die aufkommende Panik nieder und eilte zu dem ihm am nächsten liegenden Körper. Er fürchtete sich davor, dass es sich um einen seiner Gefährten handeln könnte, doch halb erleichtert, halb beunruhigt stellte er fest, dass er den am Boden liegenden Mann nicht kannte. Es war ein Soldat. Er trug eine Rüstung und einen sorgfältig gestutzten Bart. Neben ihm lag sein Schwert. Es musste ihm aus der Hand gefallen sein, als er an dieser Stelle eingeschlafen war.

Alberic sprang hoch und wischte seine Handflächen nervös an seinen Kleidern ab. Was, wenn er sich gerade angesteckt hatte? Wenn der Dämon nun auch ihn in das Reich des ewigen Schlafes holen würde? Er stolperte rückwärts über etwas und fiel der Länge nach hin. Sein Gesicht landete direkt vor der vertrockneten Fratze eines Toten, der ihn mit seinem von lederner Haut überzogenen Skelettschädel angrinste. Alberic stieß einen Schrei aus und wich zurück. Als er sich umwandte, blickte ihm die nächste Leiche entgegen. Diese trug ein Kleid und eine Perlenkette um ihren vermoderten Hals. Sie lehnte an einer Steinbank, und ihre knochigen Hände umklammerten noch immer einen Pfeil, mit dem sie einst erschossen worden war. Alberic robbte auf allen vieren von den Toten weg.
Plötzlich legte sich eine Hand auf seine Schulter. Er schrie erneut, griff nach seinem Dolch und fuhr herum. Im letzten Moment hielt er inne, als er Radolf erkannte, der mit zur Verteidigung erhobenen Händen vor ihm stand.
„Bruder!“, stieß er erleichtert aus, und die beiden fielen sich in die Arme. Als sie sich voneinander lösten, fragte Alberic: „Wo sind die anderen?“
Radolf wusste es nicht. „Ich bin da drüben zu mir gekommen“, erzählte er und deutete auf einen Durchgang, der ins Innere des Schlosses führte. „Ich war allein, abgesehen von den schlafenden Leuten. Als ich dich schreien hörte, bin ich hierhergekommen.“
Radolf sah seinen Bruder ernst an. „Wir sind im Schlafenden Schloss, Alberic. Sieh dich um. Das ist

kein Ort für unsereins. Das ist ein Ort für Geister und Tote. Wir hätten niemals herkommen dürfen."
„Aber wie sind wir hier reingekommen?", fragte Alberic. „Kannst du dich an irgendetwas erinnern?"
Sein Bruder schüttelte den Kopf. „Das müssen wir herausfinden. Aber eines sage ich dir: Wenn ich diesen Mistkerl von Wirt in die Finger kriege, drehe ich ihm den Hals um. Ich habe keine Ahnung, warum er das gemacht hat, aber ich werde bestimmt nicht Teil seines teuflischen Plans. Komm, Bruder, lass uns Gerwulf und die anderen suchen, dann hauen wir ab."
Alberic konnte sich nicht losreißen vom Anblick der Menschen auf dem Burghof. Einige von ihnen sahen aus, als müssten sie jeden Moment aufwachen, während von anderen kaum mehr als Knochen und Hautfetzen übrig waren. Dazwischen lagen Waffen. An einigen der Klingen konnten sie dunkle Flecken ausmachen, die nicht aussahen wie Rost. Alberic dachte an die Geschichte, die Ioan ihnen erzählt hatte, und es schauderte ihn.
„Hier muss der Kampf zwischen den Wachen und den eingeschlossenen Edelleuten stattgefunden haben", mutmaßte Radolf. Er legte den Kopf in den Nacken und rief nach Gerwulf, Fridenand und Herwin. Seine Stimme dröhnte durch den Hof, hallte durch die Gänge und wurde als vielfaches Echo zurückgeworfen. Alberics Nackenhaare richteten sich auf. Erschrocken blickte er sich um. Radolf bemerkte das und fragte spöttisch: „Was? Denkst du, das würde sie aufwecken?"
Grob trat er einem vor ihm liegenden Mann in die

Rippen. Nichts geschah. „Siehst du?“, sagte Radolf. Er rief noch einmal. Einige Augenblicke lauschten sie angestrengt. Schließlich erhielten sie eine Antwort. Es war die hohe, angsterfüllte Stimme von Gerwulf. Sie schien aus dem Stockwerk oberhalb des Säulengangs zu kommen.
„Ich bin hier! Herwin ist auch hier, aber ich kriege ihn nicht wach!“
Ein Stich ging durch Alberics Eingeweide. Er und Radolf tauschten sorgenvolle Blicke aus.
„Bleib, wo du bist, Bruder!“, brüllte Radolf nach oben. „Wir kommen zu dir!“
Er bückte sich nach einer Axt und wog sie in seiner Hand. „Damit fühle ich mich gleich besser“, erklärte er und ersetzte sein Jagdmesser durch die grobschlächtige Hiebwaffe.
Sie bewegten sich vorsichtig zwischen den Leibern bis zum Eingang zu der düsteren Halle, in der Radolf zu sich gekommen war. Das schwache Licht, das draußen durch das dichte Blätterdach sickerte, erstarb schon nach wenigen Metern. Der größte Teil des Raumes lag in Düsternis, und die allgegenwärtige Stille, erzeugt von der Abwesenheit jeglichen Lebens, bedeckte alles wie mit einer dicken, öligen Schicht. Überall lagen schlafende Menschen. Der Kleidung nach zu urteilen, waren es Diener und Wachen, die es in der Ausübung ihrer Pflichten erwischt hatte.
Radolf fand eine Fackel, entzündete sie und reichte sie an Alberic weiter, damit er den Weg beleuchtete. Sie verließen den Raum durch einen Durchgang an der linken Seite und gelangten auf einen breiten Korridor, von dem weitere Gänge

abzweigten. Im tanzenden Licht der Fackel machten sie eine Treppe aus, die nach oben führte. Auf den steinernen Stufen mussten sie über eine weitere Leiche hinwegsteigen. Wie es aussah, war der Mann eingeschlafen und die Treppe hinuntergestürzt, was ihn das Leben gekostet hatte. Sein Kopf stand in einem unnatürlichen Winkel vom Hals ab.

Sie erreichten das obere Stockwerk. Als sie im Laufschritt um eine Ecke bogen, stolperten sie fast über Gerwulf, der am Boden kauerte und Herwin in seinen Armen hielt. So erleichtert sie darüber waren, dass es ihrem Bruder gut ging, so verstörend war der Anblick ihres Gefährten, den anscheinend dasselbe Schicksal ereilt hatte wie all die anderen armen Seelen im Schlafenden Schloss.

„Er lag schon so da, als ich aufwachte", berichtete Gerwulf. Sie versuchten mit vereinten Kräften, Herwin zu wecken, doch nichts half, weder ihr Geschrei noch Radolfs feste Ohrfeigen. Sie beschlossen, ihn mitzunehmen.

„Vielleicht wird er wieder wach, wenn wir draußen sind", überlegte Gerwulf. Herwin war groß und von kräftiger Statur. Ihn zu tragen, erwies sich als schwierig. Radolf und Alberic teilten sich diese Aufgabe, während Gerwulf mit der Fackel voran in Richtung Treppe ging. Die Leiche des unglückseligen Kerls auf der Wendeltreppe stießen sie notgedrungen vor sich her, bis sie unten angekommen waren. Draußen im Hof legten sie Herwins schlafenden Körper behutsam auf eine Bank.

„Wo zum Teufel steckt Fridenand?", fragte Radolf.

Bevor sie ihn nicht gefunden hatten, brauchten sie sich über einen Fluchtweg keine Gedanken zu machen. Radolf brüllte Fridenands Namen lauthals über den Schlosshof. Die anderen stimmten mit ein. Dann verstummten sie und warteten auf eine Antwort ihres vermissten Gefährten. Als schließlich eine Antwort kam, sahen sie einander verdutzt an. Die Stimme, die sie hörten, war nicht die von Fridenand, und sie kam von *außerhalb* des Schlosses. Sie bewegten sich näher an das von Dornenranken zugewucherte Tor.
Alberic erkannte als Erster, wer dort draußen stand. Die Stimme klang zwar gedämpft, doch es war eindeutig der Wirt aus dem Gasthaus *Zum Schlafenden Schloss*. „Ioan!", rief er durch das Gestrüpp hindurch. „Sag uns sofort, wie wir hier herauskommen!"
„Warum sollte ich?", entgegnete der Wirt. „Ihr wolltet doch unbedingt hinein! Oder habt ihr es euch anders überlegt?"
Radolf bebte vor Zorn. „Ich werde dich eigenhändig töten!", schrie er.
Ioan lachte amüsiert. „Und wie willst du das anstellen?"
„Wart's nur ab!", entgegnete Radolf, holte mit seiner Axt aus und ließ sie auf eine der dornigen Ranken niedersausen. Mit der Kraft und dem Schwung, den er in seinen Hieb legte, hätte er die armdicke Pflanze mit Leichtigkeit durchtrennen müssen, doch stattdessen blieb seine Waffe darin stecken. Im selben Moment kam Bewegung in die Ranken. Sie zogen ihren verwundeten Zweig samt Axt ins Innere des Gebüsches, doch Radolf hielt

fest und zog seinerseits an der Waffe. Weitere dornige Äste schossen hervor, einer von ihnen legte sich um Radolfs Unterarm und versenkte seine messerscharfen Dornen in die Haut. Radolf schrie vor Schmerzen auf und ließ die Axt los. Als die Pflanze begann, seinen Arm zu sich zu ziehen, sprangen Alberic und Gerwulf hinzu und versuchten, ihren Bruder zu befreien, doch die Ranke verstärkte ihren Griff. Schon quoll Blut aus Radolfs Arm hervor. Die Dornen hielten ihn fest. Gerwulf griff blindlings nach einem auf dem Boden liegenden Schwert und hieb auf die Ranke ein. Etwas in Radolfs Arm knackte laut, und seine Schreie wurden schriller. Endlich schaffte Gerwulf es, die Ranke zu durchtrennen, und sprang beiseite, bevor auch er von den heranschießenden Ästen erwischt wurde. Alberic zerrte seinen vor Schmerzen stöhnenden Bruder außer Reichweite der Dornen. Noch immer hing der abgetrennte Teil der Schlingpflanze an Radolfs Arm und zuckte, als wäre er eine Schlange. Vorsichtig entfernte er die Ranke und sah das ganze Ausmaß der Verletzung. Der gebrochene Unterarmknochen drückte durch die Haut, und das Blut strömte aus mehreren Stichverletzungen. In manchen von ihnen steckten noch die abgerissenen Dornen. Radolf war einer Ohnmacht nahe. Sie versorgten seine Wunden, so gut es ging, und schienten den Bruch mit dem Ende eines Lanzenschaftes, den Gerwulf einer toten Schlosswache entwendete.

Alle waren kreidebleich. Alberic erhob sich und näherte sich erneut dem Tor, achtete aber darauf, dem dornigen Gestrüpp nicht zu nahe zu kommen.

Ioan war noch immer dort draußen. Er glaubte sogar, seine Silhouette durch die Äste und das Blattwerk hindurch erkennen zu können.
„Ioan!“, schrie er und konnte seinen Zorn kaum noch zügeln. „Wir wissen, dass du uns reingelegt hast. Du hast uns hierher gebracht, du kannst uns auch wieder rausbringen!“
Es kam keine Antwort, aber Alberic war sicher, dass Ioan aufmerksam lauschte und darauf wartete, dass sie ihm ein Angebot machten.
„Was verlangst du von uns?“, fragte Alberic. „Was sollen wir tun, damit du uns den Weg hinaus verrätst?“
„Findet den Schatz und bringt alles, was ihr tragen könnt, hierher zum Tor. Ihr habt Zeit bis Sonnenuntergang. Dann kommen wir ins Geschäft!“
Alberic schüttelte resigniert den Kopf. Er hatte so etwas erwartet. Sein Blick wanderte zu Gerwulf, der neben ihrem älteren Bruder kauerte und hilflos mit den Schultern zuckte. Er sah nach oben und versuchte, trotz des hier herrschenden Dämmerlichts die Tageszeit auszumachen. Es war sicher schon Nachmittag. Das Schloss war nicht groß, doch die vielen toten oder schlafenden Körper und die angriffslustigen Dornenranken würden die Suche erschweren.
„Also gut“, antwortete Alberic. „Wir sind einverstanden!“
„So hört!“, rief Ioan. „Ich gebe euch einen Rat: Versucht nicht, die Schlafenden zu wecken, denn sonst lockt ihr den Dämon an!“
„Warte!“, rief Alberic. „Wo ist Fridenand? Wo hast

du unseren Gefährten gelassen?"
„An eurer Stelle würde ich im Turmzimmer der Prinzessin anfangen", gab Ioan zur Antwort. „Vielleicht schafft ihr es ja noch, euren gierigen Freund davon abzuhalten, die königliche Ruhe von Odila zu stören. Wäre besser für euch alle."
‚Verdammt', fluchte Alberic lautlos. Ioan wusste anscheinend, was Fridenand über die Prinzessin gesagt hatte. Hoffentlich hatte dieser alte Schwerenöter beim Anblick einer schlafenden Jungfrau nicht alles um sich herum vergessen. Es würde ihm ähnlich sehen, seinem Schwanz das Denken zu überlassen.
Als Alberic sich umwandte, hörte er noch einen letzten Rat des Wirtes: „Und schlaft nicht ein!" Danach ertönte nur noch ein spöttisches Lachen, das Alberic die Zornesröte ins Gesicht trieb. Dieser Feigling! Lebte fast in Sichtweite zum Schlafenden Schloss und kannte es anscheinend ganz genau, doch zur Schatzsuche schickte er lieber andere, die die Drecksarbeit für ihn machen durften.
„Komm, Gerwulf, wir lassen unseren Bruder bei Herwin, suchen zuerst Fridenand und dann diese verdammte Schatzkammer."
Er war bereits einige Schritte gegangen und stand vor dem Eingang in die Halle, als er bemerkte, dass Gerwulf ihm nicht folgte. Er blickte sich um. Sein kleiner Bruder kniete noch immer bei Radolf und hielt dessen Kopf. Radolfs Augen waren fest geschlossen. Alberics Herz verkrampfte sich, als ihm klar wurde, dass Radolf so schnell nicht wieder aufwachen würde. Er stieß einen Fluch aus, lief zu Gerwulf und zog ihn hoch.

„Komm schon", drängte er. „Wir müssen Fridenand und diesen Schatz finden und den Weg für uns alle freikaufen. Sonst können wir nichts für ihn tun."
Gerwulf folgte seinem Bruder mit hängendem Kopf. Sie fanden weitere Fackeln und bewegten sich vorsichtig durch die düsteren Hallen und Korridore. Immer wieder mussten sie über schlafende Schlossbewohner steigen. Sie gingen durch eine hohe Tür und betraten den Raum, der einst der prächtige Thronsaal gewesen sein musste. Die langen Vorhänge hingen in Fetzen, der Teppich an der rückwärtigen Wand, der das Wappen des Reiches – einen von Rosen umwachsenen Schild – zeigte, hatte sich an einer Seite gelöst und war halb auf den vor ihm stehenden Thron gefallen, wo er zwei Menschen fast ganz bedeckte, die dort ineinander verschlungen kauerten. Über allem lag eine dicke Schicht Staub, und an der hohen Decke des Saales wucherte der bösartige Dornenwald, der durch die zerborstenen Fenster eingedrungen war.
Mit angehaltenem Atem traten sie näher an das Paar auf dem Thron. König Heimerich und seine geliebte Frau Uota, für immer vereint in ihrem teuflischen Schlaf. Der Kopf des Königs war auf seine Brust gesackt, seine Wangen hingen schlaff herab, die Hände hielten den Körper seiner Frau auf seinem Schoß. Das Gesicht der Königin sah friedlich aus, so als machte sie nur ein kleines Nickerchen und würde jeden Moment wieder aufwachen. Fast wirkte das Königspaar wie eine Statue, behauen von einem wahnsinnigen Künstler

und eingehüllt in kostbare Kleider, die auch nach so vielen Jahren noch unversehrt geblieben waren.
„Warum trägt der König keine Krone?“, fragte Gerwulf leise.
„Vielleicht ist sie ihm vom Kopf gerutscht, als er einschlief“, flüsterte Alberic ehrfürchtig. Im Angesicht der ehemaligen Herren dieses Schlosses fühlte er sich zum ersten Mal wie ein Eindringling.
„Hier liegt aber nichts“, murmelte Gerwulf, der um den Thron schlich und den Boden absuchte. „Oh ...“ Stumm deutete er auf eine Stelle am Boden. Auch Alberic erkannte den Abdruck. Er passte perfekte zu den Sandalen, die Fridenand trug. Es gab weitere Spuren im Staub, die weg vom Thron zu einer schmalen Treppe führten. Sie endeten an einer Galerie, die den gesamten Saal umlief.
Sie ließen das schlafende Königspaar zurück und eilten die Stufen hinauf. Hinter einem schmalen Durchgang führte eine Wendeltreppe in einen Turm. Auch dort gab es Spuren im staubbedeckten Boden. Das musste der Aufstieg zum Turmzimmer der Prinzessin sein.
Alberic rief Fridenands Namen und rannte los, dicht gefolgt von Gerwulf. Schon nach wenigen Metern standen sie vor einer verschlossenen Tür. Alberic schlug dagegen und rief abermals nach Fridenand. Diesmal antwortete der Freund, aber durch die Tür klang er seltsam fremd, als spräche er mit verstellter Stimme.
„Geht weg“, grollte er und stieß dazwischen Grunzlaute aus.
„Oh nein“, sagte Gerwulf. „Er wird doch nicht ...“
Alberic hatte genug gehört. Mehrere Male warf er

sich mit seinem ganzen Körper gegen die Tür, bis sie aus den Angeln sprang und den Weg freigab. Was er dann erblickte, ließ ihn fassungslos erstarren. In der Mitte des kreisrunden Raumes stand ein großes Himmelbett. Fridenand kniete darauf mit heruntergelassenen Hosen. Unter ihm lag ein Mädchen, dessen Schönheit unbeschreiblich war. Auf Fridenands verschwitztem Haar prangte die königliche Krone. Seine Erregung war nicht zu übersehen, als er sich daranmachte, der schlafenden Prinzessin die vielen Röcke hochzuschieben, um an ihren Schoß zu gelangen.
„Fridenand!"
Mittlerweile war auch Gerwulf in Odilas Schlafgemach angekommen und konnte nicht glauben, was er sah. Doch ihr Freund ließ sich nicht abhalten. Einen kurzen Blick warf er ihnen zu, bevor er sich wieder auf sein obszönes Tun konzentrierte, doch dieser Blick ließ Alberic zurücktaumeln. Fridenands Augen leuchteten blutrot, seine Gesichtszüge waren völlig verzerrt und strahlten etwas aus, das nicht mehr menschlich war. Was ging hier vor? Er dachte an Ioans Worte, und ihm fiel wieder ein, was der Wirt über den Ausbruch der Schlafkrankheit gesagt hatte. Die Prinzessin war die Erste gewesen. Mit ihr hatte alles angefangen. Was immer es war, das vor hundert Jahren Besitz von ihr ergriffen hatte, es schien jetzt im Begriff zu sein, auf Fridenand überzuspringen.
Ohne weiter nachzudenken, stürmten Alberic und Gerwulf los und warfen sich auf ihren wild

gewordenen Freund, zerrten an ihm und versuchten, ihn von der Prinzessin wegzuziehen. Fridenand wehrte sich und stieß grollende Laute aus, die klangen, als hätten sie niemals einer menschlichen Kehle entweichen können. Er schlug um sich und traf Gerwulf, der daraufhin durch den Raum flog und hart gegen die Wand prallte, wo er benommen liegen blieb. Fridenand ließ Odila nicht los, als Alberic ihn unter Aufbietung all seiner Kraft hochhob und rückwärts zu Boden schleuderte. Das schlafende Mädchen landete auf ihm, und er riss seinen Mund auf, als wollte er sie verschlingen. Gierig begrapschte er Odila, krallte sich in ihren Haaren fest und bedeckte ihr Gesicht mit schmatzenden Küssen. Es war wie verhext: Alberic schaffte es nicht, Fridenand und die Prinzessin voneinander zu lösen.
Plötzlich schlug Odila die Augen auf.
Von einem Moment auf den anderen war sie erwacht und starrte den Fremden unter sich aus blassblauen Augen an. Fridenand erwiderte ihren Blick. Alles Ungezügelte, Wilde war von ihm abgefallen. Er sah aus, als wäre er selbst aus einem schlechten Traum erwacht und wüsste nicht, wo er war. Auch Alberic bewegte sich nicht und gaffte das Mädchen mit offenem Mund an. Sie beugte sich zu Fridenand hinunter und presste ihre Lippen mit sanftem Druck auf seine. Doch dieser verkrampfte sich unter der zarten Berührung, seine Augen rollten in ihren Höhlen, und er stieß winselnde Laute voller Angst und Schmerz aus. Er hörte auf, unter ihr zu zappeln, seine Glieder erschlafften, seine Augenlider senkten sich. Ehe Alberic

verstand, was hier geschah, war sein Freund tief und fest eingeschlafen und lag da wie tot.
In das Mädchen aber kam nun Bewegung. Sie bäumte sich auf, stöhnte und wand sich wie unter starken Schmerzen. Voller Entsetzen musste Alberic mitansehen, wie der Zersetzungsprozess, vor dem der Körper dank des bösen Zaubers so lange Zeit geschützt gewesen war, mit aller Macht einsetzte und sich in wenigen Sekunden holte, was ihm all die Jahre verwehrt geblieben war. Die Lippen zogen sich zurück und gaben die Zähne frei, die gleich darauf ausfielen. Das Haar, eben noch voll und glänzend, wurde erst stumpf, dann grau und weiß, bis es büschelweise von Odilas Kopf fiel. Ihre Augen wurden fahl und schrumpften in ihren Höhlen zurück. Die Haut auf ihrem Gesicht schlug Falten, wurde brüchig und löste sich auf, gab den Blick frei auf Fleisch, das rasend schnell verfaulte. Die Schreie der Prinzessin verstummten schlagartig, als das, was einst ihre Zunge gewesen war, aus ihrem Mund fiel. Es blieb auf Fridenands Brust liegen, zuckte noch einige Male und löste sich auf – genau wie der Rest von Odilas Körper. Als nichts mehr von ihr übrig war außer Staub und Knochenresten unter zerfetzten Stoffbahnen, die sich wie eine Decke auf Fridenand legten, stieß Alberic die Luft aus seinen Lungen. Von der anderen Seite des Zimmers kamen Würgelaute, wo Gerwulf sich geräuschvoll übergab.
Sie konnten sich nicht erklären, was gerade geschehen war. Es war klar, dass sie auch Fridenand an den unheimlichen Zauberschlaf verloren hatten, doch war es bei ihm anders

abgelaufen als bei Herwin und Radolf. Nur, was bedeutete das?
Alberic machte sich daran, Fridenands Körper hochzuheben, doch Gerwulf dachte nicht daran, ihm zu helfen.
„Du willst ihn mitnehmen?“, fragte er seinen älteren Bruder entgeistert. „Hast du nicht gesehen, wie der Dämon aus ihr heraus- und in ihn hineingefahren ist?“
„Ich weiß, Gerwulf, aber ich kann ihn nicht zurücklassen. Er ist einer von uns. Also, hilfst du mir jetzt?“
Gerwulf schüttelte entschieden den Kopf. „Nicht einmal mit dem kleinen Finger werde ich ihn berühren!“ Er griff nach der Fackel, die auf den steinernen Stufen vor dem Zimmer lag und immer noch brannte. „Aber ich leuchte dir gern den Weg, wenn du ihn allein tragen möchtest“, bot er an. Bevor sie den Raum verließen, hob Gerwulf die Krone des Königs auf, die Fridenand beim Kampf vom Kopf gerutscht war. Er sah Alberics verständnislosen Blick und erklärte: „Damit bezahlen wir den Weg nach draußen. Ich hoffe, dass es reicht, denn nach dem Schatz mag ich nicht mehr suchen, egal wie riesig er ist.“
Als sie auf dem Burghof ankamen, taten Alberic sämtliche Knochen weh. Unsanft ließ er Fridenand auf den Boden fallen und sah sich um. Immer noch war es still. Zu still.
„Wo sind Radolf und Herwin?“, fragte Gerwulf verunsichert. An der Stelle, wo sie ihre Gefährten zurückgelassen hatten, glänzten ein paar frische Blutlachen. Doch von den beiden war nichts zu

sehen.
„Alberic ...“, stotterte Gerwulf. Er wurde immer blasser, als er auf den größten der Blutflecken deutete. Jetzt sah Alberic es auch. Etwas tropfte von oben herab und vergrößerte die Lache weiter. Er wollte nicht sehen, was sich dort über ihren Köpfen befand, doch er zwang sich, nach oben zu schauen. Seiner Kehle entwich ein Schreckensschrei, lang gezogen und qualvoll, als er das groteske Bild anstarrte, das sich ihm bot und das ihm nach allem, was sie heute erleben mussten, den Rest gab.
Direkt über ihren Köpfen hingen die leblosen Körper von Radolf und Herwin – oder das, was von ihnen übrig war. Die Pflanzen hatten sie sich geholt. Sie hatten ihnen Arme und Beine ausgerissen und sich so eng um ihre Brustkörbe gelegt, dass sie diese zerquetscht hatten. Radolfs Gesicht war zu einer Fratze verzerrt, die alles Grauen dieser Welt widerspiegelte, während Herwins seltsamerweise noch immer so friedlich aussah wie in dem Moment, als sie ihn bei Gerwulf gefunden hatten. Vielleicht war er im Augenblick seines Todes nicht einmal aufgewacht, hoffte Alberic und wischte sich mit dem Ärmel die Tränen weg. Gerwulf war neben ihm zusammengebrochen und weinte hemmungslos.
Alberic biss die Zähne zusammen und schleppte sich zum Tor. „Ioan!“, brüllte er heiser.
Nach einer Weile antwortete der Wirt: „Ihr lebt, das ist erstaunlich!“
„Das ist es in der Tat“, sagte Alberic zu sich selbst. „Wie viele von euch sind noch am Leben?“

„Drei“, antwortete Alberic, doch aus einer inneren Eingebung heraus erwähnte er nicht, dass nur zwei von ihnen noch wach waren.
„Habt ihr den Schatz gefunden?“, fragte Ioan.
„Vergiss den Schatz, oder hole ihn dir selbst, Feigling!“, erwiderte Alberic voller Zorn und fügte hinzu: „Hier gibt es keinen Schatz, nur das Grauen.“
„Aber wie wollt ihr mich denn bezahlen?“, fragte Ioan nun. „Ich kann den Dornen Einhalt gebieten, und ihr könnt unbehelligt herausmarschieren, aber ohne eine Gegenleistung wird es nicht gehen.“
„Ich werde dir einen kurzen, sauberen Tod gewähren!“, tobte Alberic. „Das soll als Gegenleistung genügen!“
Ioan ließ wieder sein spöttisches Lachen vernehmen. Da meldete sich Gerwulf von hinten: „Die Krone, Alberic, biete ihm die Krone an!“
Gerwulf holte aus und warf ihm das mit Edelsteinen besetzte, goldene Schmuckstück zu. Alberic fing es auf und hielt es hoch.
„Kannst du das sehen, Ioan?“, rief er. „Sie ist zehnmal so viel wert wie dein ganzer dreckiger Gasthof, und jetzt hol uns hier raus!“
Tatsächlich schien Ioan darüber nachzudenken. Er hatte wohl eingesehen, dass er sich entweder mit der Krone als Beute zufrieden geben musste oder leer ausging.
Auf einmal kam Bewegung in das Dickicht vor Alberic. Er sprang weg davon, erwartete er doch den nächsten Angriff der mörderischen Pflanzen. Stattdessen zogen sie sich zurück und gaben eine

Gasse frei, die breit genug war, dass ein Mann hindurchgehen konnte. An ihrem Ende stand Ioan, sein Amulett fest im Griff, lautlose Worte murmelnd. Die Dornenranken hielten inne. Ioan starrte die Krone in Alberics Hand mit gierigem Blick an. Er schritt langsam auf ihn zu. Als er fast auf Armlänge herangekommen war, ohne dass ihm eine Ranke auch nur ein Haar gekrümmt hätte, streckte er die Hand aus.
„Die Krone. Gib sie mir", verlangte er.
Alberic schüttelte den Kopf. „Du bekommst sie draußen."
Er ging zu Gerwulf und sagte: „Wir nehmen Fridenand in unsere Mitte. Irgendwie müssen wir ihn an den Dornen vorbeischieben."
Sie hoben ihren Freund hoch und wandten sich zum Tor. Ioans Gesichtszüge entgleisten, als er sah, was mit Fridenand geschehen war. Mit zitterndem Finger zeigte er auf den Bewusstlosen und sagte: „Nein, der nicht. Die Schlafenden müssen hier bleiben."
Alberic dachte nicht daran, ihm zu gehorchen. Sie gingen ein paar Schritte auf den Wirt zu, der ängstlich vor ihnen in den Durchgang zurückwich.
„Ich warne euch", stieß Ioan hervor. „Lasst euren Freund zurück, sonst müsst ihr auch bleiben."
„Warum?", fragte Alberic trotzig und schleifte Fridenands immer schwerer werdenden Körper noch ein Stück voran.
„Seine Seele gehört bereits dem dunklen Geist. Ihr könnt nichts mehr für ihn tun! Der Dämon steckt in ihm, er darf das Schloss nicht verlassen. Niemals! Die Schlafenden müssen bleiben!" Ioan

zog sich noch weiter in die Pflanzengasse zurück und hielt sein Amulett wie eine Waffe vor sich.
Als Gerwulf plötzlich einknickte, sackte Fridenand zu Boden, denn er war zu schwer für Alberic allein. ‚Nein', dachte er entsetzt. ‚Nicht du, Bruder, nicht du!' Aber es war zu spät. Gerwulf war eingeschlafen. Irgendwie hatte es ihn mitten im Geschehen erwischt, und Alberic verfluchte sich selbst dafür, dass er ihn nicht hatte beschützen können.
„Wir müssen jetzt gehen", drängte Ioan.
Alberic ignorierte ihn und blieb bei seinen Gefährten, die er nun beide an den Dämon des ewigen Schlafes verloren hatte. Seine Tränen wollten nicht mehr fließen – zu groß war der Schock, zu grausam die Erlebnisse der vergangenen Stunden.
Ioan ermahnte ihn erneut: „Ich kann den Durchgang nicht mehr lange freihalten. Komm mit mir oder bleib und stirb", sagte er kalt.
Alberic strich Fridenand behutsam eine Strähne aus dem Gesicht, beugte sich zu Gerwulf und gab seinem kleinen Bruder einen Abschiedskuss auf die Stirn, bevor er sich langsam erhob. Er sah Ioan gefasst an, doch in ihm brodelte es. Er nickte dem Wirt zu, ging an ihm vorbei und betrat als Erster die schmale Gasse zwischen den tödlichen Ranken. Es schien, als lauerten sie nur auf einen Moment der Unachtsamkeit, um sofort zuzuschlagen und ihn sich zu holen. Doch nichts geschah. Er hielt König Heimerichs Krone fest umklammert und warf immer wieder einen Blick hinter sich. Halb erwartete er, dass Ioan ihn angreifen würde, doch

der konzentrierte sich ganz auf das Amulett um seinen Hals und die geflüsterten Zaubersprüche, mit denen er die Pflanzen in Schach hielt.
Endlich verließ er das Dornendickicht und blieb stehen. Er atmete die frische abendliche Waldluft tief ein.
„Die Krone“, forderte Ioan, kaum dass auch er den Durchgang hinter sich gelassen hatte.
Aber Alberic gab sie ihm nicht. „Mörder“, zischte er ihn an. „Feigling! Verräter!“
Ohne weitere Vorwarnung holte er aus und schlug mit der Krone in Ioans Gesicht. Ein hässliches Knacken verriet ihm, dass die Nase des Wirtes gebrochen war. Ioan war zu verblüfft, um zu reagieren. Er schaffte es nur, beide Hände vor sein Gesicht zu halten, zwischen seinen Fingern sprudelte frisches Blut hervor. Alberic warf sich auf ihn und stieß ihn ungebremst in die Gasse zwischen den Dornen. Dabei gelang es ihm, das Amulett von Ioans Hals zu reißen. Der Wirt landete auf dem Hintern und schrie schmerzgepeinigt auf. Als die Ranken erneut in Bewegung kamen, griff er in Panik nach seinem Amulett, doch fand er es nicht. Er sah zu Alberic, der in gebührendem Abstand vor dem Schloss stand und die Kette mit dem magischen Anhänger triumphierend hochhielt.
„Nein!“, flehte der Wirt. Schon griffen die ersten dornenbesetzten Pflanzenarme nach ihm. Alberic warf die Krone, an der etwas von Ioans Blut klebte, in die Gasse, die sich bereits schloss. Sie landete auf dem Schoß des Wirtes und wurde im nächsten Moment weggeschleudert, als die Dornenranken

auf Ioan zuschossen und ihn vollständig einhüllten. Seine qualvollen Schreie erstarben bald, und von dem Durchgang war nichts mehr zu sehen.

Alberic drehte sich um und entfernte sich vom Schlafenden Schloss. Der schmale Pfad durch den Wald führte ihn geradewegs zum Gasthaus, wo der alte Rasvan vor der Tür saß und sich mühsam aufrappelte, als er Alberic entdeckte.

Fragend sah er den jungen Mann an, und Alberic sagte: „Dein Enkelsohn kommt nicht mehr zurück. Er ist im Schloss geblieben."

Die Einzelheiten ersparte er dem Alten lieber, denn die Nachricht genügte, um diesen zusammenbrechen zu lassen. Alberic ließ ihn mit seiner Trauer allein, hatte er doch selbst genügend Verluste zu beklagen. Er bediente sich in der Küche, packte Brot und etwas getrocknetes Fleisch ein und füllte seinen Wasserschlauch auf. Trotz seiner Erschöpfung wollte er keine Sekunde länger als nötig in der Nähe des verfluchten Schlosses bleiben. Draußen legte er das Amulett Rasvan in den Schoß, der ihn mit feuchten Augen anblinzelte. Dann wandte er sich ab und machte sich auf den langen Heimweg.

Der Alte presste das Schmuckstück an seine Brust und starrte dem Wanderer hinterher, bis diesen der Wald verschluckte. Dann legte er es sich um den Hals und betete zu seinen Göttern, dass der Dämon den Weg nach draußen nicht gefunden hatte.

Seine Rückreise durch das karge, von Kriegen und

Hungersnöten gezeichnete Land legte Alberic in einem Dämmerzustand zurück. Wie lange er unterwegs war, wusste er nicht. Die Tage blieben grau, die Nächte trüb. Er schlief kaum, denn in seinen Träumen durchlitt er die Stunden im Schlafenden Schloss wieder und wieder. Als er endlich heimatlichen Boden betrat, begrüßten ihn die Bewohner seines Dorfes erfreut. Sein erbärmlicher Zustand erschreckte sie, und sie bestürmten ihn mit Fragen nach den anderen, mit denen er einst aufgebrochen war.

Doch Alberic gab keine Antwort mehr. Wie ein frisch gefällter Baum fiel er um und blieb tief schlafend auf der Wiese vor dem Dorfbrunnen liegen. Man hätte meinen können, dass er tot war. Aber seine Haut blieb rosig und warm, und wenn man genau hinschaute, sah man, wie sein Brustkorb sich hob und senkte.

Nichts und niemand konnte ihn wecken.

Nachgedanken

Ich möchte an dieser Stelle ein paar Menschen Danke sagen, die mir bei der Entstehung und Gestaltung dieses düsteren Märchenbuches geholfen haben:

F. Riedel für das wunderschöne Cover und die mitreißende Begeisterung.

Qindie für das großartige Netzwerk, von dem ich ein Teil sein darf und dessen Logo ich auch bei diesem Werk stolz auf dem Cover präsentiere.

Den *Gebrüdern Grimm* für ihre Märchensammlung, die mich immer wieder aufs Neue inspiriert.

Last, but not least ganz vielen treuen Lesern und Freunden für ihre unendliche Geduld, ihr unermüdliches Lob, ihre Kritik und ihre Ermutigung. Ich nenne jetzt keine Namen, denn ihr wisst ganz genau, dass ihr gemeint seid, nicht wahr?

Ach ja, eine Bitte hätte ich:
Wenn euch das Buch gefallen hat, sagt es doch bitte weiter. Schreibt eine Rezension auf Amazon, empfehlt es auf Facebook & Co., schenkt es euren Freunden, gern auch mit meiner persönlichen Widmung – ihr wisst ja, wie ihr mich erreichen könnt.

Über die Autorin

Jana Oltersdorff, Jahrgang 1977, wuchs in Wismar an der Ostsee auf. Sie lebt seit 2002 mit ihrem Mann und ihren Zwillingssöhnen in Dietzenbach bei Frankfurt am Main.
Im Rhein-Main-Gebiet spielen auch viele ihrer Geschichten. Sie liest und schreibt bevorzugt in den Genres Horror, Mystery und Thriller. Bekannte Märchen neu zu interpretieren und ihnen dabei ihren düsteren Stempel aufzudrücken, ist eine besondere Leidenschaft von Jana Oltersdorff.
Sie gewann 2009 die Ausschreibung "Blitztip Phantastisch" mit der Mystery-Kurzgeschichte "Das leere Buch".
Seitdem hat sie weitere Kurzgeschichten in verschiedenen Anthologien veröffentlicht. Ihr eigener Kurzgeschichtenband "Zwischenstopp – Dunkle Geschichten" erschien im Frühjahr 2013.
Im selben Jahr gewann sie bei *neobooks* den Wettbewerb „Wenn es dunkel wird“ und überzeugte dabei sogar Juror und Bestsellerautor *Sebastian Fitzek* mit ihrem spannungsgeladenen Kurzthriller.

Veröffentlichungen in Anthologien

Kurzgeschichte „Das leere Buch“ – Anthologie „Blitztip Phantastisch“, Societätsverlag, 2009
Schauermärchen „Vom Mädchen mit der roten Kappe“ – Anthologie „Wenn das die Grimms wüssten“, art&words Verlag, 2012
Kurzgeschichte „Der perfekte Cocktail“ – Anthologie „Vampire Cocktail“, Art Skript Phantastik Verlag, 2012
Kurzgeschichte „Die Gartenpforte“ – Anthologie „Geheimnisvolle Weltentore“, net-Verlag, 2012 und Anthologie „Best of net-Verlag“, net-Verlag, 2013
Kurzgeschichte "Blind Date" - Anthologie "Mängelexemplare und andere makabre Geschichten" - Edition Ledidoptera – 2013
Schauermärchen "Schwefelhölzchen" - Anthologie "Die kleine Meerjungfrau weint nicht um ihren Prinzen" - Machandel-Verlag – 2013
Kurzthriller „Redrum kommt nach Hause“ – Anthologie „Hüte Dich“ – Droemer Knaur - 2014
Schauermärchen "Das Schlafende Schloss" – Anthologie "Mängelexemplare: Dystopia" – Amrûn Verlag – 2014

Aktuelle Informationen auf Jana Oltersdorffs Blog:

http://laetitia-koenkamp.blogspot.de

Über Qindie

Liebe Leser,

Ihr habt mit “Des Nachts im finstren Wald” ein Buch mit dem Qindie-Siegel erworben.

Qindie steht für Qualität und Unabhängigkeit. Entdeckt weitere qualitativ hochwertige Bücher unabhängiger Autorinnen und Autoren unter http://qindie.de.

Kennt ihr schon ...

... meine Kurzgeschichtensammlung
"Zwischenstopp – Dunkle Geschichten"?
Nein? Das Buch enthält neun unheimliche Geschichten und ist als eBook oder Taschenbuch bei Amazon erhältlich.

S-Bahnen, die irgendwo im Nirgendwo halten. Autopannen, die zu unheimlichen Begegnungen führen. Gartenpforten, die besser geschlossen bleiben. Zeitreisen, die angetreten werden müssen, weil sie bereits stattgefunden haben. Treppen, die nirgendwohin führen. Und eigenartige Hinweisschilder am Highway, denen man besser nicht gefolgt wäre.

Die Taschenbuchversion könnt ihr natürlich jederzeit gern direkt bei mir bestellen – dann erhaltet ihr das Buch auch mit einer persönlichen Widmung von mir zugeschickt.

http://www.amazon.de/dp/B00EU9AO4Y

48242627R00106

Printed in Poland
by Amazon Fulfillment
Poland Sp. z o.o., Wrocław